STORIE DI
PAURA
PER BAMBINI

ESCLUSIONE DI RESPONSABILITÀ

DATO CHE STAI PER INTRAPRENDERE QUESTO VIAGGIO ATTRAVERSO LE PAGINE DI QUESTO LIBRO, HO PENSATO CHE FOSSE GIUSTO DARTI UN AVVERTIMENTO O TRE:

1. **CONTROLLI SOTTO IL LETTO:** SE TI RITROVI SPESSO A CHINARTI PER SCRUTARE LE PROFONDITÀ OSCURE SOTTO IL TUO LETTO O A FAR BRILLARE UNA TORCIA ELETTRICA IN QUELL'ARMADIO UN PO' SOCCHIUSO, RICORDA CHE È TUTTO ALL'INSEGNA DEL DIVERTIMENTO! QUESTE STORIE SONO IMMAGINARIE COME L'UNICORNO CHE VORRESTI FOSSE REALE. SE QUALCHE MOSTRO SI AGGIRA NELLA TUA STANZA, PROBABILMENTE STA CERCANDO UNA STORIA DELLA BUONANOTTE. MAGARI LEGGIGLIENE UNA?

2. **SPUNTINI DI MEZZANOTTE:** SE PER CASO DOVESSI TROVARE DEI BISCOTTI MANCANTI, NON È STATO IL MOSTRO DEI BISCOTTI DELLE NOSTRE STORIE. PROBABILMENTE È STATO PAPÀ. DAI SEMPRE LA COLPA A PAPÀ.

3. **SISTEMAZIONE DEL LETTO:** NELL'IMPROBABILE CASO IN CUI SENTISSI IL BISOGNO DI RACCOGLIERE TUTTI I PELUCHE CHE POSSIEDI E CREARE UNA BARRIERA PROTETTIVA INTORNO AL TUO LETTO, FALLO! SONO COME I PICCOLI E SOFFICI CAVALIERI DEL REGNO DELLA NANNA. E TI COPRONO LE SPALLE.

SEBBENE SIA ORGOGLIOSO DEI BRIVIDI CHE LE MIE STORIE POTREBBERO FARTI CORRERE LUNGO LA SCHIENA, TI ASSICURO CHE SONO QUI PER INTRATTENERE, NON PER PERSEGUITARE.

Indice

Un invito speciale per gli audaci e i curiosi

Hai mai sentito il mondo intorno a te pulsare di segreti? Hai mai intravisto un'ombra e ti sei chiesto se contenesse una storia mai raccontata? Se stai annuendo, o se sei semplicemente curioso, stai per intraprendere un viaggio che ridefinirà il modo in cui vedi il mondo che ti circonda.

Per prima cosa, immagina un grande palazzo arroccato su una collina, visibile da tutta la città ma avvolto da storie e misteri. Benvenuto a "Il Maniero di Darkdale", dove ogni asse del pavimento che scricchiola, ogni tenda che fruscia e ogni sussurro sommesso nascondono un segreto. Mentre viaggi con Liam e Lucy, scoprirai che sotto l'imponenza del maniero si nasconde un mondo che oscilla tra il noto e l'ignoto, tra la luce e l'ombra. Sei abbastanza coraggioso da scoprire i suoi segreti?

Ma aspetta, il nostro viaggio non finisce a Darkdale. Ti porteremo nei corridoi affollati della scuola elementare "L'inquietante enigma di Everbane". Ora, potresti pensare: "È solo una scuola. Cosa ci sarà mai di inquietante?". Ah, caro lettore, Everbane non è una scuola qualsiasi. È un luogo in cui i libri sussurrano storie dei secoli passati, in cui gli armadietti contengono indovinelli al posto dei libri di testo e in cui ogni studente potrebbe essere parte di un grande mistero che si sta svolgendo.

Dai moderni corridoi di Everbane, faremo una deviazione stravagante nel "Mondo stravagante della

Via Eterea". Ogni svolta ti introduce a creature magiche e leggende millenarie in questo regno incantevole. Ma, come in ogni mondo ricco di magia, ci sono sfide da affrontare ed enigmi da risolvere. La domanda è: il fascino delle meraviglie della Via eterea ti guiderà o i suoi enigmi ti lasceranno perplesso?

Infine, preparati a vivere un'avventura epica con Elian in "Elian e la mostruosa bestia d'ombra". Immagina un mondo in cui antiche leggende prendono vita, in cui il coraggio è l'unica arma contro le ombre incombenti e in cui il destino di un intero villaggio si regge sulle spalle di un ragazzino. Immergiti nella ricerca di Elian, ricca di sfide, mentre cerca la leggendaria Lancia della Luce Stellare per affrontare l'incarnazione stessa dell'oscurità.

Ora potresti chiederti: "Perché dovrei scegliere questa collezione?". La risposta è semplice. Questo non è un semplice libro, ma un arazzo di avventure, misteri e meraviglie. È un invito a sperimentare mondi che promettono avventure da cardiopalma, misteri sconvolgenti e lezioni che stimolano l'anima. Ogni storia è un regno che aspetta solo che tu ci entri, lo viva e lo senta.

Mentre stringi questo libro tra le mani, rifletti su questo: le migliori avventure non sono forse quelle che ci sfidano, ci sorprendono e, in ultima analisi, ci trasformano? Questi racconti promettono tutto questo e molto di più. Sei pronto a vivere l'avventura della tua vita?

IL MANIERO DI DARKDALE

CAPITOLO 1: NUOVI INIZI

La città di Graveston era tranquilla. Le piccole case punteggiavano il paesaggio, ognuna con la propria storia e le proprie stranezze. Ma nessuna casa di Graveston era così eccentrica o ricca di storia come il Maniero di Darkdale.

Liam si appoggiò al finestrino dell'auto di famiglia, strizzando gli occhi contro il bagliore del sole al tramonto, che faceva apparire l'imponente villa davanti a lui ancora più drammatica. Con le sue alte guglie gotiche e le sue pietre scure e rovinate dal tempo, il Maniero di Darkdale non si limitava a stare in piedi, ma incombeva, gettando una lunga ombra sulla città che si trovava sotto di essa.

"Sembra il tipo di posto in cui vivrebbe un vampiro", borbottò Liam, più a se stesso che agli altri. Ma Lucy, sua sorella minore di due anni, lo sentì e ridacchiò.

"Penso che sia magico", disse, con la voce piena di meraviglia che solo un bambino può avere. Il suo naso era appoggiato alla finestra e i suoi occhi erano spalancati dall'eccitazione. "Sembra un castello uscito da uno dei miei libri di fiabe".

Liam sgranò gli occhi. "Un castello infestato, forse".

I loro genitori erano impegnati a parlare con l'agente immobiliare, che sembrava impaziente di andarsene, lanciando di

tanto in tanto occhiate nervose alla villa. Liam non poteva biasimarlo. Il posto aveva un che di... inquietante.

"Andiamo, lumaconi!" Chiamò Lucy, saltando fuori dall'auto. Si diresse verso la villa, con la sua coda di cavallo marrone che rimbalzava a ogni passo. Liam sospirò e la seguì, anche se a passo molto più lento.

Prima che potesse raggiungere l'ingresso, una voce risuonò: "Ah, i nuovi residenti! Benvenuti!"

Liam si guardò intorno e vide una donna di mezza età che si avvicinava dalla casa vicina. Aveva una chioma crespa di capelli rossi e indossava un vestito dai colori vivaci che le svolazzava intorno come uno stormo di pappagalli. Era la signora Nettle, la loro futura vicina.

"Nomi Nettle. Signora Nettle. Ho vissuto per tutta la vita vicino a il Maniero di Darkdale", disse con un'espressione orgogliosa del petto.

"Piacere di conoscerla, signora Nettle", rispose Liam. Lanciò un'occhiata al maniero. "Ci siamo appena trasferiti. Anche se mi sto ancora chiedendo perché".

"Oh, è un posto meraviglioso", disse la signora Nettle con un cenno entusiasta. "Se non ti danno fastidio i fantasmi, ecco...".

Liam sollevò un sopracciglio. "Fantasmi?"

La signora Nettle si avvicinò di più e la sua voce si abbassò a un sussurro. "Dicono che il Maniero di Darkdale sia infestata, sai? Strani rumori nella notte. Ombre che si muovono da sole. E di tanto in tanto, un'apparizione spettrale che vaga per i corridoi".

Lo scetticismo di Liam deve essergli apparso in faccia, perché la signora Nettle ha subito aggiunto: "Oh, ma non fidarti della mia parola. Passa una notte e vedrai... o sentirai".

Prima che Liam potesse rispondere, Lucy li raggiunse, con il viso arrossato dall'eccitazione. "Hai visto la grande sala? È così spaziosa! E c'è un bel giardino sul retro!".

La signora Nettle ridacchiò. "Piccola mia, mi ricordi me stessa quando ero più giovane. Sempre curiosa, sempre in esplorazione. Solo... fai attenzione, va bene? Soprattutto di notte".

Lucy annuì, anche se era chiaro che non aveva capito la gravità dell'avvertimento.

"Vieni, Liam", disse lei, tirandolo per il braccio. "Esploriamo ancora un po'!".

Liam si lasciò trascinare, ma non prima di aver lanciato un'occhiata diffidente alla signora Nettle. Lei gli fece l'occhiolino e gli rivolse un sorriso complice, poi tornò indietro verso casa sua.

I fratelli trascorsero il resto della giornata esplorando la loro nuova casa, trovando angoli e fessure nascoste e facendo ipotesi sui segreti che il Maniero di Darkdale avrebbe potuto nascondere. L'entusiasmo di Lucy era contagioso e presto anche Liam si ritrovò ad aspettare con ansia le avventure che avrebbero vissuto.

Ma con il calare della notte e l'affievolirsi dei rumori della città, il maniero si animò in un modo che nessuno di loro si aspettava. Strani sussurri riecheggiavano nei corridoi e più di una volta Liam credette di vedere delle ombre muoversi con la coda dell'occhio.

Quella sera, sdraiato a letto, mentre gli eventi della giornata si ripetevano nella sua mente, Liam non riusciva a liberarsi da un crescente senso di inquietudine. Prima aveva riso degli avvertimenti della signora Nettle, ma ora, nell'oscurità della sua stanza, non sembravano così inverosimili.

Diede un'occhiata all'orologio. Le lancette indicavano che era appena passata la mezzanotte. Facendo un respiro profondo, Liam tirò le coperte fino al mento e cercò di chiudere gli occhi.

Ma i suoni di il Maniero di Darkdale non lo lasciavano dormire. E da qualche parte, in lontananza, sentì una dolce e spettrale ninna nanna che lo raggelò fino alle ossa.

L'avventura era appena iniziata.

CAPITOLO 2: SUSSURRI E VOCI

Graveston non era una città vivace. Era il tipo di posto in cui i vicini si conoscevano, dove le strade risuonavano delle risate dei bambini durante il giorno ed erano illuminate da morbide lanterne di notte. Era pittoresca e conservava con orgoglio il suo fascino antico.

Liam e Lucy erano in città da pochi giorni, ma notarono subito che il Maniero di Darkdale era un argomento su cui tutti avevano qualcosa da dire. Gli abitanti della città scambiavano spesso conversazioni sommesse, condite da sguardi ansiosi verso la sagoma del maniero sulla collina.

Il primo incontro dei bambini avvenne nella panetteria locale. La signora Fitzroy, una donna corpulenta con le guance sporche di farina, consegnò una torta appena sfornata con un sorriso severo. "Per i nuovi coraggiosi residenti di Maniero Darkdale", disse.

Liam sollevò un sopracciglio. "Coraggioso? È solo una vecchia casa".

La signora Fitzroy si avvicinò, abbassando la voce. "Vecchia, sì. Ma non una casa qualsiasi. Mia nonna mi raccontava storie di apparizioni spettrali al chiaro di luna. Figure che vagavano per i corridoi, perse in un eterno tormento".

Gli occhi di Lucy si allargarono per l'eccitazione. "Davvero? Fantasmi? È una cosa fighissima!".

La signora Fitzroy ridacchiò nervosamente. "Non tutti lo trovano divertente, cara. Fai attenzione".

L'incontro successivo fu alla Biblioteca di Graveston. Il signor Carter, il bibliotecario dagli occhiali spessi, sembrò sorpreso quando Liam chiese dei libri sulla storia di Maniero Darkdale.

"Vuoi davvero tuffarti in questa storia?", chiese, aggiustandosi gli occhiali.

Liam annuì. "Sono solo curioso".

Il signor Carter sospirò e li condusse in un angolo polveroso. "Questa sezione non viene toccata da anni", osservò. Tirando fuori un libro, aggiunse: "Si dice che il maniero abbia stanze in cui nessuno è mai entrato e scale che non portano da nessuna parte. E si parla di strani rumori, come di sussurri provenienti dalle pareti".

Lucy stringeva il libro con impazienza, il suo entusiasmo non si è mai spento. Liam, invece, provava un crescente disagio ad ogni racconto che ascoltava.

La loro interazione più significativa, però, è stata con Tom, un ragazzo della loro età con i capelli ricci e castani e un luccichio malizioso negli occhi. Lo incontrarono al Graveston Park, dove stava facendo pratica con la fionda.

"Siete i nuovi abitanti di Maniero Darkdale, eh?". osservò Tom, recuperando una pietra da terra.

"Siamo noi", rispose Liam con cautela.

Tom fischiò. "Impressionante. Nessuno vive lì da secoli".

"Perché?" Chiese Lucy, sinceramente curiosa.

Tom si appoggiò a un albero, mentre il sole del primo pomeriggio proiettava lunghe ombre. "Diciamo che le persone che si trasferiscono qui... non durano a lungo".

Liam si accigliò. "Cosa vuoi dire?"

Tom si guardò intorno per assicurarsi che nessuno stesse ascoltando. "Tutte le famiglie che si sono trasferite a Maniero Darkdale se ne sono andate nel giro di un mese. Tutte hanno raccontato di avvenimenti inquietanti. Alcuni sono addirittura scomparsi senza lasciare traccia".

Lucy sussultò. "Svanito?"

Tom annuì solennemente. "Sì. Un giorno ci sono, quello dopo non ci sono più. Proprio come... puff!".

Liam sembra scettico. "Ci stai prendendo in giro".

Tom sorrise, con la fionda che gli penzolava dalle dita. "Credi quello che vuoi. Ma ricordati le mie parole: c'è qualcosa di strano in quel posto. Ho visto ombre muoversi, ho sentito sussurri che non hanno senso".

Nonostante il suo cinismo, Liam non poteva ignorare il peso delle storie degli abitanti della città. Tutti a Graveston sembravano avere un pezzo del puzzle di Maniero Darkdale.

I giorni si trasformarono in una serie di interazioni. Alcuni cittadini erano comprensivi e offrivano il loro sostegno e calore, mentre altri li guardavano con un misto di pietà e paura.

Lucy, fedele alla sua natura, assorbiva ogni storia con crescente fascino, riempiendo il suo diario di schizzi e appunti. D'altra parte, Liam cercava di ignorarle, ma i racconti gli rodevano in fondo alla mente.

Una sera, mentre il sole dipingeva il cielo con sfumature arancioni e rosa, i fratelli si sedettero nel portico del maniero. Lucy, leggendo ad alta voce dal suo diario, raccontò le storie che avevano sentito.

Liam ascoltò, perso nei suoi pensieri. "Pensi che ci sia del vero in queste storie?".

Lucy scrollò le spalle. "Non lo so. Ma di sicuro rende la vita qui molto più interessante!".

Tom, che era diventato un loro assiduo compagno, intervenne: "Sai, c'è un vecchio detto a Graveston: 'Le mura di Darkdale hanno occhi e orecchie. Ascolta e guarda, e potrebbero mostrarti i loro segreti".

Il trio rimase in silenzio, con il peso delle parole di Tom che rimanevano nell'aria. Con il calare della notte, la sagoma scura

del maniero sembrava ancora più imponente, con i suoi segreti in attesa di essere svelati.

CAPITOLO 3: LA PRIMA NOTTE DI PAURA

Il cielo si trasformò in una vellutata coltre di stelle quando Liam, Lucy e Tom decisero di ritirarsi per la notte. L'immensità di Maniero Darkdale li inghiottì appena entrarono.

Tom, con un sorrisetto stuzzicante, salutò con la mano. "Dormi bene e non lasciare che i fantasmi mordano!".

Liam si schernisce. "Divertente. Ci vediamo domani, se non veniamo trascinati via", aggiunse con tono sarcastico.

Lucy si mise a ridere, salutando Tom.

I corridoi del maniero erano alti e larghi e i loro passi risuonavano sui vecchi pavimenti in legno. Le pareti, ornate da ritratti di parenti scomparsi da tempo, sembravano osservarli con silenzioso scrutinio.

Lucy fece una pausa, guardando un ritratto particolare di una bella signora dai capelli neri corvini. "È la prozia Agatha. La mamma mi ha raccontato delle storie su di lei", mormorò.

Liam lanciò un'occhiata al ritratto. "Ha un aspetto... intenso".

Lucy annuì. "Mi sembra che ci stia osservando. È bello e inquietante allo stesso tempo".

Dopo essersi lavati i denti e aver indossato il pigiama, i fratelli si sistemarono nelle rispettive stanze. Le stanze erano spaziose, con soffitti alti e letti grandiosi e decorati che sembravano più adatti a una famiglia reale che a due bambini.

Liam giaceva nel suo letto, ascoltando l'inquietante silenzio. Tutti i racconti degli abitanti della città gli scorrevano nella mente, dipingendo immagini vivide e agghiaccianti. Tirò la coperta fino al mento, costringendosi a chiudere gli occhi.

Lucy, invece, abbracciò l'avventura. Mise una piccola torcia accanto al suo letto, pronta a esplorare qualsiasi suono misterioso che potesse accoglierla durante la notte. Addormentandosi, sognò apparizioni spettrali e antichi segreti.

La notte si è fatta più profonda e la casa si è animata.

Un morbido scricchiolio risuonò lungo il corridoio. Il vento fuori faceva frusciare i vecchi alberi, proiettando ombre nodose sulle finestre. La luce della luna filtrava, illuminando il maniero con un bagliore etereo.

Il sonno di Liam era agitato. Si girò nel letto, il malessere lo attanagliava. Un soffice sussurro gli giunse alle orecchie. Sforzandosi, cercò di decifrare il suono. Il sussurro sembrava avvicinarsi e poi allontanarsi, come una conversazione lontana trasportata dal vento.

Altrove, Lucy si agitava nel sonno. L'ululato del vento si trasformò in una risata morbida e melodica. Sembrava giocosa,

ma con una malinconia di fondo. La torcia di Lucy prese vita da sola, proiettando ombre ondeggianti sulle pareti.

All'improvviso, le risate cessarono. Un brivido si diffuse in tutta la stanza. Lucy aprì lentamente gli occhi, adattandosi alla luce fioca. Una figura traslucida si trovava ai piedi del suo letto, con i lineamenti confusi ma che lentamente si stavano mettendo a fuoco. Era una giovane donna, con i capelli scuri e gli occhi pieni di tristezza. La prozia Agatha.

Il respiro di Lucy le si bloccò in gola, il suo cuore accelerò e la torcia si spense. La stanza piombò nell'oscurità. Sentiva il battito del suo cuore e i singhiozzi sommessi dell'apparizione.

I minuti sembravano ore. Lucy trovò il coraggio di gridare: "Chi sei?".

I singhiozzi cessarono. La figura, ancora ai piedi del letto, sussurrò: "Aiutami".

Una fredda folata di vento attraversò la stanza, facendo svolazzare le tende in modo drammatico. La figura sparì, lasciando Lucy in un silenzio stupito.

Dall'altra parte del corridoio, Liam aveva sentito la voce terrorizzata di Lucy. Si precipitò nella sua stanza e la trovò pallida e con gli occhi spalancati.

"Lucy? Stai bene?!" chiese con voce preoccupata.

Lucy, tremante, raccontò ciò che aveva visto. Liam ascolta, il suo scetticismo si scontra con la preoccupazione per la sorella.

"Dobbiamo capire cosa sta succedendo", mormorò Liam, più a se stesso che a Lucy.

Il mattino non poteva arrivare abbastanza in fretta. I primi raggi di sole penetrarono l'orizzonte al sorgere del sole; gli eventi inquietanti della notte sembravano un sogno lontano. Ma i fratelli sapevano che era tutto troppo reale.

Durante la colazione, hanno condiviso le loro esperienze. I sussurri, le risate e la figura spettrale della prozia.

Liam sembra pensieroso. "Abbiamo due opzioni: scappare come tutte le altre famiglie o scoprire la verità".

Lucy, con il suo spirito imperterrito, disse con determinazione: "Non scappiamo".

E così, all'alba di un nuovo giorno, iniziò la ricerca per svelare i misteri di Maniero Darkdale.

CAPITOLO 4: PASSAGGI NASCOSTI

La pioggia batteva contro le finestre, trasformando il mondo esterno in una macchia di grigio e verde. Il mattino era arrivato, ma le nuvole scure davano l'impressione che la notte fosse tutt'altro che finita. All'interno di Maniero Darkdale,

il vecchio orologio a pendolo rintoccava, il suo suono riverberava attraverso i vasti saloni.

L'atmosfera all'interno era cupa e rifletteva il clima esterno. Liam guardava fuori dalle grandi finestre, osservando la pioggia che creava disegni intricati. Guardò Lucy, che era intenta a leggere un grosso libro che aveva trovato su uno degli scaffali.

"Hai avuto fortuna nel trovare una guida per sconfiggere i fantasmi lì dentro?" chiese, scherzando solo a metà.

Lucy sgranò gli occhi ma ridacchiò. "No, ma c'è una storia dettagliata di Maniero Darkdale. Forse c'è qualcosa che potrebbe darci un indizio".

I fratelli trascorsero la mattinata immergendosi nella storia del maniero. Lucy lesse ad alta voce, descrivendo le vite dei residenti, i vari eventi che si erano verificati e i molti cambiamenti che il maniero aveva subito nel corso dei secoli. Tuttavia, non si parlava di fantasmi o di eventi insoliti.

Sentendosi irrequieto, Liam si alzò in piedi, stiracchiandosi. "Che ne dici di esplorare il posto? Questa casa deve avere qualcosa di più di quello che sembra".

Lucy annuì con entusiasmo. "Ottima idea! Cominciamo con la biblioteca. Ho sempre pensato che avesse qualcosa di misterioso".

La biblioteca era vasta, con file e file di scaffali di legno pieni di libri di varie dimensioni, colori ed età. Un enorme camino si trovava a un'estremità e ritratti di antenati dall'aspetto severo adornavano le pareti.

Mentre si aggiravano tra gli scaffali, le dita di Lucy sfioravano i dorsi dei libri, creando un leggero fruscio. Il suo tocco sembrava risvegliare la stanza, facendola sentire viva.

All'improvviso si fermò. "Liam, guarda qui!" sussurrò, indicando una serie di simboli incisi sulla mensola di legno di fronte a lei. I simboli sembravano fuori posto, non erano né decorativi né avevano una funzione apparente.

Liam si avvicinò di più. "Cosa pensi che sia?"

"Scopriamolo". Lucy iniziò a premere ogni simbolo nella sequenza che aveva intuito. Dopo alcuni tentativi, risuonò un clic morbido e una parte dello scaffale si aprì, rivelando un passaggio stretto e buio.

I fratelli si scambiarono uno sguardo eccitato. Senza dire una parola, afferrarono le loro torce e si addentrarono nel corridoio nascosto. Il passaggio era fresco, le pareti erano rivestite di vecchi mattoni e l'aria era densa di polvere.

Mentre si addentravano nelle fessure nascoste del maniero, scoprirono una serie di stanze. La prima era una sala giochi abbandonata da tempo, con giocattoli sbiaditi sparsi in giro. Una bambola di porcellana con il volto incrinato sedeva in un

angolo, con gli occhi che fissavano il vuoto davanti a sé. Soldatini di legno erano allineati in formazione e un orsacchiotto logoro giaceva su un fianco.

"È come una capsula del tempo", sussurrò Lucy.

Liam annuì. "Questi giocattoli devono essere appartenuti a bambini che vivevano qui secoli fa. Ma perché nasconderli?".

La loro esplorazione li portò in un'altra stanza, questa piena di dipinti. A differenza di quelli presenti nelle sale principali, questi dipinti avevano una qualità inquietante. Raffiguravano varie scene, alcune banali e altre profondamente inquietanti. La caratteristica più sorprendente erano gli occhi delle persone nei dipinti. Sembravano seguire i fratelli mentre si muovevano, osservando ogni loro passo.

"Non mi piace questa stanza", mormorò Lucy. "C'è qualcosa di strano in questi quadri".

Liam è d'accordo. "Andiamo avanti".

Continuarono la loro esplorazione, trovando altre stanze nascoste, ognuna con i suoi segreti. C'era un antico studio con rotoli e pergamene, una sala della musica con un pianoforte a coda coperto di polvere e una sala da ballo con arazzi sbiaditi che raffiguravano grandi eventi del passato.

Le ore sembravano passare in un batter d'occhio. La pioggia all'esterno continuava il suo incessante assalto, il cui suono si fondeva con l'inquietante quiete delle parti nascoste del maniero.

Tornando sui loro passi, si resero conto che il passaggio conduceva a diverse parti della casa. Era come un labirinto, con curve e tornanti che sembravano non finire mai.

Alla fine tornarono in biblioteca e l'ambiente familiare diede loro un senso di sollievo.

"È stato... intenso", osservò Liam, togliendosi la polvere dai vestiti.

Lucy annuì. "Abbiamo scoperto un pezzo del puzzle, ma c'è ancora molto che non sappiamo".

L'avventura di quel giorno li lasciò con più domande che risposte. Chi aveva creato questi passaggi nascosti? Perché i giocattoli erano nascosti? E soprattutto, che legame avevano con le apparizioni fantasma?

Quella notte, mentre i fratelli giacevano nei loro letti, i suoni del maniero sembravano più pronunciati. Il vento ululava, la pioggia batteva contro le finestre e risate lontane riecheggiavano nei corridoi. Ma ora c'era un ulteriore livello di mistero. La scoperta dei passaggi nascosti aveva aperto un nuovo capitolo nella loro ricerca dei segreti di Maniero Darkdale.

CAPITOLO 5: IL DIARIO DI AGATHA

Il giorno successivo, il Maniero di Darkdale era illuminato da un sole dorato, in netto contrasto con la cupezza del giorno precedente. Ma le ombre delle loro scoperte incombevano grandi.

Il maniero sembrava più grande, più misterioso e pieno di storie sussurrate che aspettavano di essere ascoltate.

Liam era di nuovo in biblioteca a riordinare i libri sparsi e le curiosità che avevano esaminato durante la loro esplorazione. D'altro canto, Lucy voleva esplorare una stanza che avevano frettolosamente saltato: una soffitta nascosta dietro una tenda di broccato.

La soffitta era un mondo a sé. Il tempo sembrava essersi fermato lì, con le particelle di polvere che fluttuavano pigramente nei raggi di sole che filtravano dalle finestre sudice. La stanza era piena di bauli, cassapanche e casse di legno, tutte chiuse e coperte da anni di polvere.

La curiosità ebbe la meglio su di lei e Lucy iniziò ad aprire una cassapanca, tirando con le dita l'ostinato chiavistello arrugginito. Quando si aprì, si sollevò una nuvola di polvere che la fece tossire e starnutire. Ma quello che trovò all'interno valse la tempesta di polvere: una serie di libri rilegati in pelle e, tra questi, un diario dall'aspetto particolarmente antico.

Soffiando via la polvere, lo aprì con attenzione, rivelando il nome "Agatha" scritto in un elegante corsivo sulla prima pagina. Si rese conto che aveva in mano il diario personale della prozia Agatha.

Le prime annotazioni parlavano della routine quotidiana di Agatha: tè, visite al mercato di Graveston o semplici

osservazioni sul tempo. Ma man mano che Lucy sfogliava le pagine, iniziò a imbattersi in annotazioni più intriganti.

"*14 settembre 1892:* oggi ho incontrato un giovane affascinante alla fiera del paese. Si chiama Walter. C'è un luccichio nei suoi occhi che mi è familiare e allo stesso tempo incantevole".

"*3 ottobre 1892:* Walter e io abbiamo fatto una lunga passeggiata sui prati. Ha un forte interesse per l'occulto, un argomento che mi ha sempre incuriosito. Abbiamo intenzione di incontrarci regolarmente per approfondire i misteri dell'invisibile".

Mentre Lucy continuava a leggere, divenne evidente che Walter e Agatha erano diventati molto amici. Il loro comune interesse per l'occulto portò a molte avventure, con Agatha che documentava rituali, incantesimi e altre conoscenze esoteriche in cui si imbattevano.

Ma a questi racconti di curiosità ed esplorazione si intrecciano voci che riflettono le lotte e le paure di Agatha stessa.

"*20 marzo 1893:* Oggi io e Cecilia abbiamo avuto un'accesa discussione. Crede che il mio coinvolgimento con Walter e le nostre incursioni nell'ignoto siano pericolosi. Teme per il mio benessere. Ho provato a spiegarle le nostre intenzioni, ma non è convinta".

Man mano che i giorni diventavano mesi, il diario dipingeva un quadro vivido della vita di Agatha: il suo crescente legame con

Walter, la tensione della sua amicizia con Cecilia e le loro comuni esplorazioni nel regno degli spiriti e delle energie.

"5 giugno 1893: Walter mi ha presentato un rituale che permette di comunicare con il regno degli spiriti. L'idea è affascinante. Abbiamo intenzione di provarlo la prossima settimana".

Il cuore di Lucy batteva forte quando si rese conto del significato di questa voce. Il collegamento tra Agatha, Walter, Cecilia e l'infestazione di Maniero Darkdale iniziò a diventare più chiaro. Doveva condividerlo con Liam.

Scendendo di corsa al piano di sotto, con l'agenda in mano, trovò Liam intento a sfogliare una vecchia mappa del maniero.

"Liam", esordì senza fiato, "devi leggere questo".

Insieme, approfondirono il diario di Agatha. Le annotazioni successive a quella sul rituale erano sporadiche e a volte passavano mesi tra l'una e l'altra.

"18 agosto 1893: Il rituale andò storto. Cecilia cercò di intervenire, pensando di proteggermi. Ma qualcosa è andato terribilmente storto. Temo che abbiamo scatenato qualcosa che non possiamo controllare".

"27 novembre 1893: Il maniero sembra diverso. Suoni, ombre, correnti d'aria fredda. Sento la presenza di Cecilia ovunque. Non posso fare a meno di sentirmi responsabile. Walter è distrutto. Stiamo cercando di trovare un modo per sistemare le cose".

L'ultima annotazione del diario è particolarmente agghiacciante.

"*24 dicembre 1893:* se qualcuno trova questo diario, sappia che abbiamo cercato di sistemare le cose. Il maniero nasconde un segreto, una forza che non siamo riusciti a comprendere. Se i disturbi persistono, cerca Walter. Lui saprà cosa fare. E a Cecilia, se stai leggendo, ti prego di perdonarmi".

Lucy chiuse il diario, con le dita che le tremavano. Il peso delle parole di Agatha pendeva pesantemente nell'aria. I fratelli si resero conto che le loro avventure giocose nel maniero avevano un significato molto più profondo e oscuro.

"Dobbiamo saperne di più", disse infine Liam, con una determinazione evidente nella sua voce. "Se c'è un modo per sistemare le cose, dobbiamo scoprirlo".

Lucy annuì in accordo. Il diario aveva fornito delle risposte, ma aveva anche posto altre domande. Chi era davvero Walter? Cosa era andato storto durante il rituale? E come avrebbero fatto loro, due bambini lontani secoli dagli eventi, a sistemare le cose?

Il sole era già tramontato quando finirono di discutere le loro prossime mosse. Quando la notte prese il sopravvento, il maniero riprese la sua inquietante sinfonia di scricchiolii e sussurri.

Ma ora, con il diario come guida, Liam e Lucy sentivano un rinnovato senso di responsabilità. Non erano solo residenti

passivi di Maniero Darkdale; erano i suoi custodi, incaricati di una missione per svelare i suoi misteri e portare pace ai suoi spiriti inquieti.

CAPITOLO 6: ECHI DAL PASSATO

Le dita di Lucy formicolavano mentre stringeva il diario di Agatha, quasi come se il passato inviasse correnti elettriche attraverso le pagine consumate. La stanza sembrava più fredda e poteva giurare di sentire una presenza vicino a lei. Forse lo spirito di Agatha stessa.

Liam si era ritirato alla finestra, fissando l'esterno, perso nei suoi pensieri. "Pensi che ci sia della verità in questo diario?" chiese infine.

"Perché non dovrebbe esserci?" Lucy rispose, con la voce che tremava leggermente. "Dopo quello che abbiamo vissuto in questa casa, sono propensa a crederci".

Il volto di Liam era tirato. "Allora potremmo avere un'enorme responsabilità sulle nostre spalle".

"Dobbiamo leggere di più", disse Lucy, aprendo di nuovo il diario.

Man mano che la serata si faceva più profonda, anche il racconto del passato si faceva più intenso. Il diario parlava di Walter, descrivendolo non solo come un compagno appassionato dell'occulto, ma anche come una persona molto

cara ad Agatha. Il loro legame era evidente. Erano due anime che esploravano insieme l'ignoto, cercando di colmare il divario tra questo mondo e l'altro.

Tuttavia, è il costante intervento di Cecilia e la sua crescente preoccupazione per Agatha a gettare un'ombra incombente su questo trio. Il litigio tra le due signore, un tempo vicine come sorelle, era una ferita palpabile nelle voci. Era chiaro che le riserve di Cecilia nei confronti di Walter e delle sue pratiche stavano distruggendo la sua amicizia con Agatha.

"17 maggio 1894: Oggi io e Walter abbiamo cercato di entrare in contatto con gli spiriti del bosco. L'esperienza è stata esaltante. Tuttavia, la disapprovazione di Cecilia cresce di giorno in giorno. Dice che gli spiriti le hanno sussurrato degli avvertimenti su Walter. Non riesce a capire che non ha cattive intenzioni?".

Ad ogni passaggio che Lucy leggeva ad alta voce, l'atmosfera nella stanza cambiava sottilmente. Iniziò con dei lievi sussurri che nessuno dei due riusciva a distinguere. Ben presto i piccoli oggetti – una penna, un fermacarte, un vecchio vaso – si spostarono da soli di qualche centimetro. L'aria fredda sembrava diventare densa di emozioni.

All'improvviso, sentirono delle risate in lontananza, che riecheggiavano nelle sale vuote di Maniero Darkdale. Era leggera, gioiosa, come le risate delle giovani donne durante un pomeriggio di pettegolezzi e risatine.

"Lucy, hai sentito?" Liam sussurrò, spalancando gli occhi.

Prima che potesse rispondere, un altro suono si unì alle risate: il morbido e rilassante strimpellare di una chitarra.

Senza scambiarsi una parola, i fratelli decisero di seguire i suoni. Le risate e la musica li condussero attraverso il labirinto di corridoi e corridoi, fino alla stanza in cui avevano trovato il diario.

All'interno, illuminati dal tenue bagliore del sole al tramonto, videro le apparizioni di tre giovani. Una giovane Agata, con gli occhi pieni di malizia, rideva di gusto per qualcosa che Walter, con una chitarra in mano, stava dicendo. Seduta a poca distanza, con un'aria di disapprovazione ma ancora affettuosamente indulgente, c'era Cecilia.

Lucy e Liam guardavano ipnotizzati il passato che si svolgeva davanti a loro.

"Agatha! Non devi incoraggiarlo", lo rimproverò Cecilia, con gli occhi che si muovevano nervosamente intorno.

"Oh, suvvia, Ceci. È solo un po' di divertimento!". Agatha rispose con una risata fragorosa.

Walter iniziò a suonare una melodia dolce con la sua chitarra e Agatha iniziò a cantare. La canzone parlava dell'amore perduto e della ricerca del ricongiungimento. Era di una bellezza struggente, piena di desiderio e di speranza.

Quando le note finali della canzone si affievolirono, le apparizioni iniziarono a diventare traslucide e alla fine scomparvero, lasciando la stanza nel silenzio.

I fratelli si guardarono l'un l'altro, stupiti.

"È come se volessero che lo vedessimo... che capissimo", pensò Liam.

Lucy annuì. "Abbiamo visto solo un frammento della loro storia. C'è ancora molto da scoprire. Dobbiamo continuare a leggere il diario".

Le successive annotazioni del diario descrivono come il divario tra Agatha e Cecilia sia cresciuto. Le fughe di Walter e Agatha nel regno del soprannaturale erano una costante fonte di preoccupazione per Cecilia. Ma fu una voce a spiegare la tragedia che cambiò tutto.

"3 luglio 1894: Il rituale di oggi doveva essere semplice. Una semplice conversazione con gli spiriti del maniero. Ma qualcosa è andato terribilmente storto. Cecilia ha cercato di intervenire, di tirarmi fuori quando ha sentito che qualcosa non andava bene. Ci fu una luce accecante e poi il buio. Quando mi sono svegliato, Cecilia... era senza vita".

Il peso delle parole era schiacciante. Le lacrime rigavano il viso di Lucy mentre continuava a leggere il dolore e il senso di colpa che consumavano Agatha e Walter. Era evidente che i

loro tentativi di sistemare le cose avevano portato all'attuale infestazione di Maniero Darkdale.

Era quasi mezzanotte quando Liam prese delicatamente il diario dalle mani di Lucy. "Per oggi basta così", disse dolcemente.

Mentre si dirigevano verso le rispettive stanze, non riuscivano a liberarsi della malinconia che si era posata su di loro. Le risate, la musica, l'amore e la tragedia: gli echi del passato erano molto vivi a il Maniero di Darkdale e i fratelli erano ormai profondamente intrecciati nella sua storia.

CAPITOLO 7: IL GIARDINIERE MISTERIOSO

Ogni giorno che passava, i misteri di Maniero Darkdale si infittivano. Lucy e Liam, anche se inizialmente erano spaventati e un po' timorosi, ora sentivano una certa responsabilità nei confronti della casa e dei suoi spiriti persistenti. Volevano delle risposte e, soprattutto, volevano aiutare.

Una mattina, mentre facevano colazione nella cucina vecchio stile, bussarono alla porta. Liam, guardando attraverso la finestra, vide un uomo di mezza età con il volto segnato dalle intemperie e le mani che raccontavano anni di fatica nella terra.

Aprendo la porta, l'uomo si presentò. "Buongiorno. Sono il signor Grayson. Ero il giardiniere qui, molti anni fa".

Liam sollevò un sopracciglio. "Una volta lo era?"

Il signor Grayson ridacchiò dolcemente. "Sì, ma ho sentito che il maniero è di nuovo abitato. Ho pensato che forse ti sarebbe piaciuto riportare il giardino al suo antico splendore".

Lucy, incuriosita, raggiunse Liam sulla porta. "Perché te ne sei andato?" chiese curiosa.

L'uomo distolse lo sguardo, con un accenno di tristezza negli occhi. "Dopo gli... incidenti, è diventato troppo difficile. Il giardino, però, è sempre stato un luogo di pace, anche quando la casa non lo era".

I fratelli si scambiarono un'occhiata. Un altro pezzo del puzzle, forse?

Anche se esitanti, le storie di Agatha, Walter e Cecilia pesavano molto nelle loro menti. Una parte di loro sperava che far rivivere il giardino potesse alleviare gli spiriti inquieti.

"Va bene, signor Grayson. Vorremmo che restaurasse il giardino", disse infine Liam.

Con il passare dei giorni, sotto la guida del signor Grayson, il giardino incolto e selvaggio iniziò a trasformarsi.
Un'atmosfera tranquilla riempiva l'aria con il cinguettio degli uccelli e lo sbocciare dei fiori.

Ciò che i fratelli trovavano più strano, però, era che le attività soprannaturali nel maniero sembravano diminuire quando c'era il

signor Grayson. I soliti sussurri, i rumori casuali e le ombre fugaci erano sorprendentemente assenti durante il giorno.

Curiosa, un giorno Lucy si avvicinò al giardiniere. "Signor Grayson, perché pensa che gli... eventi in casa diminuiscano quando c'è lei?".

Il signor Grayson fece una pausa, appoggiandosi alla pala. "Beh, cara, la natura ha un modo per bilanciare le cose. Il giardino è sempre stato un rifugio per gli abitanti del maniero, un luogo di calma. Forse anche gli spiriti sentono questa serenità".

Lucy osservava pensierosa le farfalle che svolazzavano tra i fiori. "Conoscevi Agatha e i suoi amici?".

Lo sguardo del signor Grayson si fece distante. "Sì, l'ho fatto. Erano giovani, pieni di vita. Agatha, in particolare, amava questo giardino. Spesso si sedeva proprio lì", indicò una vecchia panchina in pietra sotto un roseto in fiore, "a scrivere il suo diario o a chiacchierare con Walter. Ma, Cecilia, aveva spesso un'aria preoccupata, soprattutto quando quei due erano insieme".

Questa fu una rivelazione. La panchina, ora ricoperta di rose fresche, sembrava chiamarli con storie del passato.

Con il passare dei giorni, il signor Grayson condivise altri racconti del trio. Alcune storie erano felici, piene di risate e di

gioia. Altre accennavano alla tensione di fondo, alla crescente spaccatura e alle ombre dell'ignoto.

Una sera, mentre il sole gettava sfumature dorate su il Maniero di Darkdale, Lucy trovò una vecchia fotografia in un cassetto. Era un'immagine di Agatha e Walter, seduti sulla stessa panchina di pietra, che si guardavano profondamente negli occhi. Cecilia si trovava a poca distanza, con un'espressione protettiva e ansiosa.

Il giorno dopo lo mostrò al signor Grayson. Il volto del vecchio giardiniere impallidì. "Questa... questa è stata scattata pochi giorni prima dell'incidente", sussurrò.

Tom, che era venuto ad aiutare nelle faccende di giardinaggio, guardò la fotografia con attenzione. "Dobbiamo saperne di più, soprattutto se vogliamo liberarli", disse determinato.

Liam annuì. "Continueremo con il diario. Ma signor Grayson, abbiamo bisogno che ci dica tutto quello che ricorda. Qualsiasi cosa".

Il vecchio giardiniere sospirò, guardando il giardino restaurato. "Sì, ti aiuterò in ogni modo possibile".

E così, mentre il giardino sbocciava all'esterno, rivelando la sua bellezza dimenticata, gli interni di Maniero Darkdale risuonavano di racconti del passato, preparando il terreno per gli eventi che dovevano ancora svolgersi.

La tranquillità all'esterno era in netto contrasto con il tumulto all'interno, ma i tre giovani amici – Liam, Lucy e Tom – erano determinati a scoprire l'intera verità, per quanto agghiacciante o straziante potesse essere.

CAPITOLO 8: FANTASMI O RICORDI

Il sole stava calando, proiettando ombre lunghe e striscianti su il Maniero di Darkdale. A ogni tramonto, la casa sembrava assumere una personalità diversa: non solo un vecchio edificio, ma un contenitore di innumerevoli ricordi e storie mai raccontate.

Liam, Lucy e Tom avevano deciso di svelare il mistero che avvolgeva il maniero. Ogni giorno che passava, si sentivano sempre più vicini agli spiriti enigmatici di Agatha, Walter e Cecilia. Ma questa sera era diversa. L'abituale serenità portata dalla presenza del signor Grayson durante il giorno era svanita e la casa sembrava brulicare di aspettative.

Mentre Liam scrutava le pagine consumate di un altro vecchio libro che aveva trovato in biblioteca, Lucy e Tom si sedettero sulla panchina in pietra restaurata del giardino, intenti a conversare.

Lucy sollevò improvvisamente la fotografia che avevano trovato prima, quella che mostrava il trio in tempi più felici. "Ti sei mai chiesto", pensò, "se quelli che stiamo vedendo sono veri spiriti o solo ricordi intrappolati nel tempo?".

Tom sembra pensieroso. "In una casa antica come questa, con così tanta storia, il confine tra il passato e il presente può diventare confuso. Forse sono entrambi. Fantasmi del passato e ricordi che non riescono ad andare avanti".

All'improvviso, una dolce melodia si diffuse nell'aria della sera: il suono di un pianoforte che veniva suonato dall'interno del maniero. Le note erano malinconiche ma bellissime e creavano un'atmosfera di nostalgia. Attirati dalla musica, i due amici si affrettarono a entrare.

La musica li condusse alla grande sala da ballo, una stanza che non avevano ancora esplorato. Il massiccio lampadario in alto, sebbene coperto da anni di polvere, scintillava nella luce fioca e al pianoforte a coda sedeva una giovane donna, persa nella musica. Era Agatha.

La scena davanti a loro era ultraterrena. Insieme ad Agatha, c'erano altre figure traslucide: ospiti vestiti in abiti d'epoca che danzavano con grazia al ritmo di una melodia ammaliante. Tra di loro si intravedevano Walter, con gli occhi rivolti solo ad Agatha, e Cecilia, che li osservava da lontano con un'espressione malinconica.

Quando l'ultima nota della canzone si affievolì, le apparizioni iniziarono a scomparire, lasciando la sala da ballo nel suo solito stato di abbandono. Tutti tranne Agatha, che si voltò verso Lucy e Tom con gli occhi pieni di lacrime.

"Aiutaci", sussurrò, prima di svanire.

Liam, che aveva sentito la musica e si era precipitato a raggiungerli, arrivò giusto in tempo per assistere alla supplica di Agatha. Il peso della loro missione si fece ancora più pressante.

"Dobbiamo capire", disse Lucy, con voce determinata. "Non solo come liberarli, ma anche perché sono intrappolati qui".

Il trio trascorse ore a sfogliare il diario di Agatha e altri vecchi libri della biblioteca. Attraverso i racconti frammentati, cominciò a emergere un quadro più chiaro. Il maniero era stato testimone di un tragico triangolo amoroso. Agatha e Walter condividevano un legame profondo, un amore puro e profondo. Tuttavia, Cecilia, pur essendo una cara amica di Agatha, nutriva dei sentimenti per Walter, il che portò a una straziante frattura tra le due amiche.

Un passaggio del diario di Agatha si è distinto:

"Walter e io volevamo confessare i nostri sentimenti durante il gran ballo. Ma il dolore negli occhi di Cecilia era inequivocabile. La nostra felicità è arrivata al prezzo del dolore della nostra più cara amica. Se l'amore ci lega, perché ci fa anche a pezzi?".

La tragica storia di amore e tradimento, felicità e dolore, amicizia e gelosia diventava sempre più chiara a ogni pagina che giravano. Tuttavia, gli eventi che hanno portato i loro spiriti ad essere intrappolati sono rimasti un mistero.

"È come se fossero intrappolati in un loop, riproponendo in continuazione i loro ricordi più cari e dolorosi", pensò Liam.

"Dobbiamo rompere questo ciclo", ha dichiarato Tom.

Con l'avvicinarsi delle prime ore del mattino, iniziò a prendere forma un piano. Avrebbero cercato di comunicare direttamente con gli spiriti, per capire gli eventi esatti di quella fatidica notte e trovare un modo per liberarli.

Con le candele accese in cerchio, il diario al centro e la vecchia fotografia accanto, il trio si è seduto mano nella mano, tendendo la mano agli spiriti del passato.

La temperatura nella stanza si abbassò notevolmente. Un vento leggero fece frusciare le pagine del diario e le fiamme delle candele tremolarono selvaggiamente. E poi, nella penombra, li videro. Agatha, Walter e Cecilia, in piedi a distanza, li guardavano con espressioni di speranza e disperazione.

Fu una notte di rivelazioni, di confessioni sussurrate e di ricordi strazianti. Gli spiriti di Maniero Darkdale avevano una storia da raccontare e Liam, Lucy e Tom erano lì per ascoltare.

CAPITOLO 9: IL RITUALE

La luce del mattino filtrava attraverso le imponenti querce di Maniero Darkdale, proiettando ombre sfumate sulle sue antiche mura di pietra. Gli uccelli cinguettavano, come se

stessero annunciando una nuova alba, un nuovo inizio. Ma per Lucy, Liam e Tom quel giorno aveva un peso diverso da qualsiasi altro.

"Lo stiamo facendo davvero?" La voce di Liam tremava mentre guardava la voce del diario che descriveva il rituale. La pagina era macchiata da quelli che sembravano segni di lacrime. "Fare confusione con i rituali è... è una cosa seria".

Lucy, piena di determinazione, guardò suo fratello. "Dobbiamo farlo. Per Agatha, Walter e Cecilia. Sono intrappolati, rivivono il loro dolore ancora e ancora. Sta a noi liberarli".

Tom annuì, facendo eco al pensiero di Lucy. "Graveston ha vissuto nell'ombra di queste storie per troppo tempo. È ora di cambiare la storia".

Il diario era chiaro, anche se vago nelle sue istruzioni. Avevano bisogno di manufatti specifici, di erbe e soprattutto di una convinzione abbastanza forte da colmare il divario tra il regno dei vivi e quello dei defunti.

Il loro primo compito fu quello di raccogliere gli oggetti. Un amuleto che Agatha indossava, un pezzo dello spartito musicale di Walter e una ciocca di capelli di Cecilia. Il diario diceva che questi oggetti, profondamente personali per ogni spirito, sarebbero serviti da tramite, ancorandoli durante il rituale.

Lucy ricordava di aver visto l'amuleto in una delle stanze nascoste. Il pezzo dal design intricato aveva catturato la sua attenzione. Per quanto riguarda lo spartito, la chiave si trovava nel pianoforte della sala da ballo. La ciocca di capelli è stata più difficile da trovare, ma il diario di Agatha ha accennato a un set di spazzole d'argento che Cecilia usava sempre, conservato nelle sue stanze private.

Il trio, con la pianta del maniero che Liam aveva abbozzato, iniziò la ricerca. La casa, con le sue innumerevoli stanze, i suoi angoli nascosti e i suoi corridoi, era un labirinto. Ma la loro determinazione era incrollabile.

Nel tardo pomeriggio, dopo aver setacciato stanze polverose, dietro i quadri e sotto le assi del pavimento, avevano raccolto tutti gli oggetti tranne uno: la ciocca di capelli di Cecilia.

"Ho trovato il set di pennelli", esclamò Lucy, tenendo in mano i pennelli d'argento ornati, "ma non ci sono capelli".

Tom, con la sua mente analitica, fece un suggerimento. "I capelli, nella loro essenza, sono parte della nostra identità. Se non riusciamo a trovare i capelli fisici di Cecilia, forse possiamo fare appello alla sua essenza, al suo spirito".

Disegnando un piccolo cerchio con il sale, Tom pose il pennello al centro. Accendendo una candela alla lavanda, nota per le sue proprietà spirituali, sussurrò: "Cecilia, cerchiamo di aiutarti. Prestaci una parte di te, così potrai trovare la pace".

L'aria si fece più fredda e la fiamma tremolò. Quando si stabilizzò, eccola lì: un'unica ciocca di capelli di seta arricciata intorno al manico della spazzola.

Con tutti gli oggetti in mano, si recarono nel giardino al crepuscolo, come indicato nel diario. Formarono un triangolo, posizionando ogni artefatto nel suo punto. Al centro, tennero il diario di Agatha, aperto alla pagina del rituale.

Lucy iniziò a leggere ad alta voce, con voce chiara: "Spiriti di Darkdale, legati dal tempo, ascoltate il nostro appello e prestate attenzione a questa rima...".

Mentre cantava, il vento iniziò a turbinare, facendo frusciare le foglie e risuonando di sussurri dal passato. I manufatti cominciarono a brillare e lentamente le apparizioni di Agatha, Walter e Cecilia si formarono all'interno del triangolo, con gli occhi pieni di sorpresa e speranza.

Il diario parla di un ultimo passo cruciale: un sacrificio. Non della vita, ma di un caro ricordo.

Ognuno del trio chiuse gli occhi, pensando a un caro ricordo, sentendone il calore e poi, con un profondo respiro, lasciandolo andare. Il loro legame, il loro sacrificio condiviso, sarebbe stato il catalizzatore.

Gli spiriti, ora più chiari, si avvicinarono ai bambini, la gratitudine era evidente nel loro sguardo. Ma all'improvviso il rituale subì una svolta. Nuvole scure si addensarono sopra di

noi e scese un freddo inquietante. Un altro spirito, non menzionato nel diario, iniziò a formarsi: malevolo e vendicativo.

Liam, pensando velocemente, gridò: "Concentratevi tutti sui bei ricordi del maniero, sulla liberazione degli spiriti, non sul rituale!".

L'energia positiva, unita al sacrificio precedente, ha funzionato. Lo spirito maligno iniziò a svanire, sopraffatto dalla forza della loro volontà collettiva.

Quando apparvero i primi raggi dell'alba, il giardino del maniero tornò al suo stato sereno. Gli spiriti di Agatha, Walter e Cecilia, ora liberi, sorrisero al trio un'ultima volta prima di svanire con grazia.

Esausti ma trionfanti, Lucy, Liam e Tom si guardarono in faccia. Avevano affrontato l'ignoto, combattuto il soprannaturale e ne erano usciti vittoriosi. Ma sapevano che la loro missione non era finita. Il rituale aveva funzionato, ma c'erano ancora molti segreti che il Maniero di Darkdale teneva nel cuore.

CAPITOLO 10: CORSA CONTRO IL TEMPO

Con il completamento del rituale iniziale, il Maniero di Darkdale, invece di stabilizzarsi nella pace, sembrava più inquieta. Un'energia incombente permeava le sue mura. Mentre gli spiriti principali - Agatha, Walter e Cecilia - erano stati

liberati, sembrava che il rituale avesse risvegliato altre entità dormienti, esseri che ora erano ansiosi di rendere nota la loro presenza.

"Forse abbiamo fatto il passo più lungo della gamba", ammise Liam, con aria pensierosa. Si sentiva un po' in colpa, sapendo che i loro tentativi di aiutare avrebbero potuto intensificare le infestazioni.

Lucy, ancora piena della sua caratteristica determinazione, era più ottimista. "Non possiamo arrenderci ora. Dobbiamo finire quello che abbiamo iniziato".

Da sempre ricercatore, Tom si era immerso nella storia della città e aveva trovato qualcosa di significativo. "Credo di sapere perché gli altri spiriti sono inquieti", ha esordito, distribuendo vecchi ritagli di giornale e appunti scritti a mano. "Il maniero è stato costruito su un sito che un tempo era sacro. Si credeva che il terreno fosse una porta tra i vivi e il regno degli spiriti. Nel corso dei secoli, sono stati eseguiti vari rituali per placare gli spiriti e sembra che il nostro recente rituale possa aver riattivato quella porta".

"Questo significa", dedusse Liam, "che dobbiamo trovare un modo per chiudere quel passaggio prima che altri spiriti lo attraversino".

Lucy annuì: "Ma come facciamo? Il diario di Agatha non menziona nulla al riguardo".

Tom, dopo una pausa riflessiva, disse: "La chiave potrebbe non trovarsi nel maniero, ma nella storia di Graveston. Dobbiamo capire i rituali e le cerimonie originali che si svolgevano qui".

Con un rinnovato senso di responsabilità, il trio si diresse verso la biblioteca locale di Graveston. Si trattava di un edificio antiquato, pieno di tomi e pergamene polverose. La signora Caldwell, l'anziana bibliotecaria con una memoria acuta come una puntina, li assistette.

"Siete fortunati", disse sorridendo, porgendo loro un libro rilegato in pelle intitolato 'Rituali di Graveston'. "Contiene i resoconti di ogni cerimonia conosciuta eseguita in questa città".

Le ore si trasformarono in giorni mentre decifravano i rituali. Il tempo sembrava essere fondamentale; ogni notte il maniero diventava sempre più inquieto, con figure ombrose che passavano davanti alle finestre, conversazioni sussurrate che riecheggiavano nei corridoi e oggetti che si muovevano con una volontà propria.

Il loro studio ha dato dei risultati. Hanno trovato un rituale studiato appositamente per chiudere il portale. Tuttavia, gli ingredienti necessari erano oscuri e rari:

1) L'acqua del lago Everstill durante un'eclissi lunare.
2) La piuma di un corvo toccata dalla luce della luna.
3) Un petalo della Rosa di Mezzanotte, un fiore raro che sboccia solo al buio.

4) Una melodia suonata sull'antico violino di Graveston, persa nel tempo.

Sapendo che mancavano pochi giorni all'eclissi lunare, si divisero i compiti. Tom andò alla ricerca dell'antico violino, guidato dagli indizi dei vecchi abitanti della città. Liam si avventurò nei fitti boschi che circondano il lago Everstill, mentre Lucy, con l'aiuto del signor Grayson, cercò l'inafferrabile Rosa di Mezzanotte nei vasti giardini del maniero.

La città di Graveston sembrò capire l'urgenza e aiutò il trio nelle rispettive ricerche. La signora Nettle fornì a Liam una mappa dei boschi. Un musicista locale, saputo della ricerca di Tom, rivelò che il violino poteva essere in possesso del Vecchio Jenkins, il più vecchio abitante di Graveston. Sotto il cielo illuminato dalla luna, Lucy finalmente individuò la Rosa di Mezzanotte, i cui petali brillavano di un bagliore soprannaturale.

La notte dell'eclissi lunare si riunirono nel giardino del maniero, ognuno con il proprio oggetto acquistato. L'antico violino, con le corde ancora intatte, giaceva accanto alla piuma di corvo scintillante, all'acqua ferma del lago e al petalo di rosa incandescente.

Usando il libro del rituale come guida, Lucy iniziò l'incantesimo. Seguendo il ritmo delle sue parole, Tom suonò una melodia ammaliante sul violino. Con la massima precisione,

Liam mescolò l'acqua, la piuma e il petalo in una ciotola d'argento.

Quando l'eclissi raggiunse lo zenit, il maniero sembrò gemere in segno di protesta. Il terreno tremò e una luce ultraterrena si sprigionò dalle fondamenta del maniero. Il portale, un vortice di energia, si rivelò.

Con l'ultima nota del violino, il canto finale e la miscela versata sul vortice, scoppiò una luce accecante. Quando si placò, il portale fu sigillato. Il maniero, per la prima volta dopo secoli, era silenzioso, veramente silenzioso.

Esausti ma euforici, il trio guardò l'orizzonte, i primi raggi dell'alba che dipingevano il cielo. Avevano avuto successo. Ma come si sarebbero presto resi conto, ogni azione, ogni rituale, ha delle conseguenze.

CAPITOLO 11: LA NOTTE FINALE

La notte era scesa su Graveston, la luna era allo zenit e proiettava un bagliore argenteo sulla terra. L'aria era densa di attesa, come se l'universo stesso trattenesse il respiro in attesa degli eventi di quella fatidica notte a il Maniero di Darkdale. Dopo il successo nel sigillare il portale e la momentanea tranquillità che ne seguì, Liam, Lucy e Tom sapevano che la loro battaglia con gli spiriti del maniero era tutt'altro che finita. Il diario della prozia Agatha sarà la loro guida.

"Dobbiamo stare attenti", dichiarò Liam, con un pizzico di paura negli occhi, mentre si preparavano nella grande sala. "L'ultima volta, il nostro tentativo ha generato più entità di quante ne avessimo immaginate".

Lucy annuì, stringendo il diario al petto. "Ma ora abbiamo una migliore comprensione di ciò con cui abbiamo a che fare. Gli scritti di Agatha ci danno un vantaggio".

Tom interviene, tenendo in mano il libro dei rituali che avevano acquistato in biblioteca, "E insieme ai rituali di Graveston, dovremmo essere in grado di liberare definitivamente il maniero dagli spiriti inquieti".

Formarono un cerchio al centro della sala. Intorno a loro, le candele tremolavano minacciosamente, creando ombre che danzavano sulle pareti decorate. Tom iniziò a cantare incantesimi dal libro dei rituali, la sua voce era ferma ma risuonava in tutto il maniero.

Mentre cantava, Lucy iniziò a leggere alcuni passaggi specifici del diario di Agatha. I passaggi che parlavano di amore, tradimento e desiderio, le emozioni che sembravano legare gli spiriti al maniero. "15 luglio 1882", lesse ad alta voce. "Il sorriso di Walter oggi mi ha scaldato il cuore. Eppure, negli occhi di Cecilia, ho visto un dolore che non riesco a comprendere. Il peso dei segreti minaccia di dividerci".

Il pavimento sotto di loro iniziò a tremare, le pareti del maniero gemettero e il vento ululò all'esterno. Lentamente, iniziarono ad

emergere apparizioni spettrali. La giovane Agatha, Walter, Cecilia e altri: anime senza volto che avevano trovato rifugio a il Maniero di Darkdale nel corso dei secoli.

Liam, che fungeva da ancora, teneva in mano un ciondolo di cristallo, un cimelio di famiglia che era stato tramandato per generazioni. Il suo bagliore si intensificava man mano che gli spiriti si avvicinavano. "Tenete duro!", gridò sopra la crescente cacofonia. "Dobbiamo guidarli verso il ciondolo. Agirà come un condotto, aiutandoli a trovare la strada per l'altro lato!".

Gli spiriti, pur essendo impalpabili, avevano una presenza innegabilmente potente. Vorticavano intorno al trio e le loro emozioni erano palpabili: rabbia, tristezza, rimpianto. Man mano che Lucy leggeva altre voci, le storie degli spiriti iniziavano a intrecciarsi, dipingendo un quadro vivido di vite vissute e di legami perduti.

"3 settembre 1882. La frattura tra noi cresce. La rabbia di Cecilia è evidente. Temo quello che potrebbe fare in preda alla rabbia", la voce di Lucy vacillava mentre leggeva. Man mano che la storia si svolgeva, gli spiriti di Agatha e Cecilia si avvicinavano, l'energia tra loro era palpabile.

All'improvviso, la terra tremò violentemente. Dalle profondità del maniero iniziò a emergere un'entità oscura, la cui forma era più grande e minacciosa delle altre. L'aria stessa divenne fredda e un peso opprimente si depositò nella sala.

"È il guardiano del portale!". Tom urlò. "La forza che ha tenuto gli spiriti qui! Dobbiamo bandirlo!".

Attingendo alla conoscenza combinata del diario di Agatha e dei rituali di Graveston, il trio unì le mani, incanalando la propria energia e i propri intenti nel ciondolo. Recitarono un canto unificato, invocando gli antichi poteri di Graveston per aiutarli nella loro battaglia contro l'oscurità.

Il guardiano, percependo la minaccia, si lanciò verso di loro. Ma proprio quando stava per raggiungere il cerchio, una barriera di luce si sprigionò dal ciondolo, respingendolo. Gli spiriti del maniero, guidati da Agatha, Walter e Cecilia, si radunarono intorno al trio, unendo le forze contro il guardiano.

Ne seguì un'epica battaglia di volontà. La sala divenne un vortice di luci e ombre, con il trio e gli spiriti da una parte e il guardiano dall'altra. Le fondamenta stesse di Maniero Darkdale furono messe alla prova: le pareti sanguinarono e i pavimenti si spaccarono.

Ma ogni momento che passava, la forza combinata del trio e degli spiriti iniziava a sopraffare il guardiano. L'entità, un tempo minacciosa, iniziò a indebolirsi e la sua forma si dissolse. Con un'ultima spinta e un ruggito assordante, il guardiano fu bandito, la sua essenza oscura svanì nell'etere.

Il maniero tornò a essere silenzioso. Gli spiriti, liberi dalla presa del guardiano, iniziarono a svanire, le loro forme divennero traslucide. Agatha, Walter e Cecilia si

avvicinarono al trio. La loro gratitudine era evidente e condivisero un momento di comprensione prima di svanire anch'essi, con le loro anime che finalmente trovavano la pace tanto desiderata.

Con l'avvicinarsi dell'alba, i primi raggi di sole filtravano attraverso le finestre della grande sala. La battaglia era finita. Gli spiriti di Maniero Darkdale erano stati messi a riposo. Esausti, Liam, Lucy e Tom si sedettero in mezzo alle macerie, con il loro legame più forte che mai.

Guardando il diario, Lucy sussurrò: "Grazie, Agatha".

CAPITOLO 12: UNA NUOVA ALBA

Mentre il sole dipingeva l'orizzonte con sfumature di arancione, rosa e viola, il Maniero di Darkdale si ergeva alta e fiera sullo sfondo di Graveston. L'aura minacciosa che un tempo lo avvolgeva sembrava essere stata sostituita da una calma serenità. La battaglia degli spiriti, un tempo pericolosa, era ormai un ricordo del passato.

Liam, Lucy e Tom uscirono all'aria fresca del mattino, con gli occhi stanchi che sbattevano contro la luce del sole. Si guardarono intorno, ammirando la vista di un maniero trasformato. Il giardino, un tempo invaso dalla vegetazione, era ora verde e rigoglioso, pieno di fiori vivaci e di canti melodiosi degli uccelli. Le crepe e l'usura delle battaglie combattute

sembravano essersi rimarginate, dando al maniero un aspetto ringiovanito.

"L'abbiamo fatto?" Lucy sussurrò, con una nota di incredulità nella voce.

Tom annuì, sostituendo la sua solita spavalderia con un'umile gratitudine. "Sembra di sì. Gli spiriti sono in pace e anche il maniero".

Liam, che era rimasto in silenzio, guardò verso l'orizzonte. "È una nuova alba per il Maniero di Darkdale, per noi e per Graveston".

Il cancello d'ingresso si aprì scricchiolando mentre il trio si crogiolava alla luce del sole, godendosi la vittoria. La signora Nettle, la chiacchierona vicina di casa, entrò con in mano una torta appena sfornata. L'aroma delizioso riempì l'aria, facendo brontolare i loro stomaci in risposta.

"Buongiorno, cari!", salutò con il suo caratteristico calore. "Ho pensato di portarvi un po' della mia famosa torta ai mirtilli per festeggiare il vostro primo mese al maniero".

Lucy sorrise: "Grazie, signora Nettle. È molto gentile da parte sua".

Gli occhi della signora Nettle scintillarono di malizia. "E naturalmente per soddisfare la mia curiosità sul tuo primo mese. La città si è riempita di storie di luci e suoni provenienti dal maniero".

Liam ridacchiò: "Oh, solo piccoli lavori di ristrutturazione e sistemazione".

"Piccole ristrutturazioni?" Tom sbuffò con un sorriso. "Questo è un modo per metterla".

Tutti si fecero una bella risata, comprendendo il peso degli eventi che avevano vissuto insieme.

Mentre si spostavano nella sala da pranzo, la signora Nettle osservò: "Il posto sembra... diverso. Più calmo, più tranquillo".

Liam annuì: "È così. Abbiamo deciso di tenerla come casa estiva. Un posto in cui staccare e forse... onorare la memoria di Agatha".

La conversazione scorreva senza sforzo mentre si sedevano a colazione con torta e tè. Raccontarono i racconti della loro avventura, anche se con qualche modifica per proteggere la signora Nettle dai dettagli orribili. La signora ascoltava con attenzione, intervenendo di tanto in tanto con i suoi aneddoti del passato.

Con l'avanzare della mattinata, il trio decise di esplorare ancora una volta il maniero. Con la scomparsa degli spiriti, non c'era più paura, ma solo curiosità. Riscoprirono stanze che erano state chiuse a chiave, trovando ninnoli e cimeli di generazioni passate. C'erano storie che aspettavano di essere raccontate, ricordi da custodire e un'eredità da onorare.

Lucy, mentre esplorava la vecchia stanza di Agatha, trovò un album fotografico. Sfogliando le sue pagine, ha visto le immagini di una giovane Agatha con Walter, Cecilia e altri amici e familiari. I loro sorrisi e le loro risate sono stati catturati nel tempo, a testimonianza della vita che hanno vissuto.

"È dolceamaro", sussurrò Lucy. "Avevano così tanta vita dentro di loro. Vorrei che le cose fossero andate diversamente".

Tom le pose una mano di conforto sulla spalla. "In un certo senso, abbiamo dato loro una seconda possibilità. Gli abbiamo permesso di trovare pace e di essere ricordati con amore".

Liam annuì in accordo. "Ogni angolo di questo maniero, ogni mattone e ogni stanza racchiude un ricordo. È nostra responsabilità custodirli e onorarli".

I giorni diventarono settimane e l'estate era in pieno svolgimento. Il maniero divenne un centro di attività. La gente del posto lo visitava spesso, attratta dal fascino ritrovato di Darkdale. Liam e Lucy organizzavano persino delle visite guidate, raccontando la storia del maniero con abbellimenti d'effetto.

Tuttavia, mentre la vita si stabilizzava in un nuovo ritmo, c'erano momenti, fugaci e rari, in cui il vento portava un sussurro o le pareti risuonavano di risate lontane. Era come se il maniero stesso avesse assorbito l'essenza dei suoi abitanti passati.

Una sera, mentre il sole iniziava la sua discesa e dipingeva il cielo con un bagliore infuocato, Lucy rimase in piedi sul balcone, guardando in lontananza. Il vento portava una dolce ninna nanna, che aveva sentito nel diario di Agatha.

Sorrise, una lacrima le sfuggì dall'occhio. "Buonanotte, Agatha", sussurrò al vento.

E dalle profondità del maniero risuonò una dolce risata, a ricordare che anche se gli spiriti erano andati avanti, i loro ricordi sarebbero rimasti per sempre impressi nelle mura di Maniero Darkdale.

L'INQUIETANTE ENIGMA DELLA SCUOLA ELEMENTARE DI EVERBANE

Capitolo I: Benvenuti a Everbane

La nebbia mattutina avvolgeva la città di Harrowsville, creando un'atmosfera di mistero e incanto. Mentre l'auto d'epoca percorreva la strada tortuosa, la nebbia sembrava diventare sempre più fitta, aggrappandosi ai finestrini del veicolo come una mano spettrale. Più andavano avanti, più Oliver aveva la sensazione di essere inghiottito dalla storia della città, dalle sue storie e dai suoi ricordi.

Attraverso la foschia, emerse la sagoma della scuola elementare di Everbane. Si ergeva alta e inquietante, circondata da una fitta chioma di alberi ombrosi. I loro rami nodosi, spogli nonostante fosse primavera, graffiavano il cielo grigio come dita disperate che cercavano di afferrare qualcosa di impalpabile. I vecchi muri di mattoni della scuola, consumati dal peso del tempo, sussurravano storie del passato a chiunque osasse ascoltarle. Alcuni mattoni erano scheggiati, altri scuriti dall'età, ma tutti custodivano segreti.

Oliver premette il viso contro la finestra fredda, cercando di distinguere gli intricati intagli sulle porte di legno della scuola. Da questa distanza, riuscì a scorgere dei motivi vorticosi, forse un'insegna che rappresentava il patrimonio della scuola. Notò uno strano simbolo: una mezza luna crescente che cullava tre stelle. Il simbolo gli sembrava familiare, anche se non sapeva dove l'avesse visto.

"Eccoci qui", annunciò sua madre, con una voce che metteva allegria e che evidentemente non provava. Parcheggiò l'auto nel

parcheggio quasi vuoto e si rivolse a Oliver. "Benvenuto nella tua nuova scuola".

La sua risposta fu un sorriso a denti stretti, più per educazione che per vero entusiasmo. Il suo ottimismo era difficile da eguagliare quando si trovava di fronte a una struttura così inquietante. "Sembra... vecchio", mormorò infine Oliver.

Ridacchiò leggermente. "È una cosa storica. La scuola elementare di Everbane esiste da secoli. Pensa a tutte le storie che deve contenere".

Oliver annuì, anche se il suo istinto gli diceva che non tutte le storie erano destinate a essere portate alla luce.

Usciti dall'auto, si incamminarono verso la scuola. Le gigantesche porte di quercia dell'ingresso gemettero in segno di protesta quando le aprirono, rivelando corridoi scarsamente illuminati che sembravano estendersi all'infinito in entrambe le direzioni. L'aria all'interno era immobile, come se l'edificio avesse trattenuto il respiro per secoli e si fosse ricordato solo ora di espirare. Nell'aria aleggiava un leggero odore di legno vecchio, gesso e ricordi dimenticati.

I passi di Oliver riecheggiarono minacciosamente nel corridoio. Poteva sentire il peso di innumerevoli occhi su di lui: i ritratti dei presidi passati e degli insegnanti onorati che lo osservavano dalle loro cornici. Si chiedeva se approvassero il nuovo studente che percorreva i loro corridoi.

Prima che potessero raggiungere l'ufficio principale, una donna dai capelli stretti e brizzolati, che indossava occhiali con la

montatura di corno, li accolse. "Voi dovete essere Oliver. Benvenuto a Everbane. Io sono la signora Finch, la preside". Oliver annuì, facendo un piccolo sorriso, anche se gli angoli degli occhi tradivano il suo disagio. Lo sguardo della signora Finch sembrava troppo penetrante, come se stesse cercando di scoprire segreti che lui non sapeva di avere.

Li condusse nell'ufficio, una stanza piena di mobili antichi, pile di carte ingiallite e pareti adornate da altri ritratti. La signora Finch sbrigò alcune formalità con la madre di Oliver, consegnandole dei moduli da compilare. Lo sguardo di Oliver vagava, osservando l'ambiente circostante. Ma un ritratto in particolare attirò la sua attenzione: una donna dall'aspetto severo, con gli occhi di una brillante tonalità di verde e lo stesso simbolo della luna semicrescente ricamato sul colletto. La targhetta recitava: Clara Everbane, Fondatrice.

Oliver sentì un brivido danzare lungo la schiena. Ebbe la strana sensazione che il suo sguardo lo seguisse, osservandolo, aspettando.

La voce della signora Finch lo strappò alle sue fantasticherie. "Ora, Oliver, spero che trovi la nostra scuola accogliente. Ha una lunga storia e molti dei nostri studenti la trovano... intrigante".

Annuì, percependo un tacito avvertimento nelle sue parole. Quando uscirono dall'ufficio, i corridoi silenziosi sembrarono allungarsi e contorcersi in modi che Oliver non aveva mai notato prima. Poteva sentire dei sussurri lontani, troppo tenui

per distinguere le parole, ma abbastanza chiari per capire le emozioni: cautela, mistero, un pizzico di dolore.

Sua madre lo abbracciò, il suo profumo fu un breve conforto in questo mondo nuovo e intimidatorio. "Andrai benissimo", gli sussurrò.

Ma quando se ne andò e Oliver si addentrò nel cuore della scuola elementare di Everbane, il silenzio della scuola sembrò farsi più forte, riecheggiando di storie del passato e di misteri ancora da svelare.

Nella sua innocenza, Oliver non sapeva che la sua presenza avrebbe risvegliato antichi misteri, innescando una catena di eventi destinati a ridisegnare il futuro della scuola elementare di Everbane.

CAPITOLO 2: NUOVO RAGAZZO, VECCHI SEGRETI

All'ora di pranzo, Oliver si sentiva come se fosse stato gettato in un labirinto senza un'apparente uscita. Le lezioni erano abbastanza ordinarie, con materie che conosceva bene.

Ma c'era una costante tensione sotterranea. Sembrava che ogni studente nascondesse un segreto privato, qualcosa che sussurrava quando pensava che lui non stesse ascoltando.

Chiaramente, lui era l'estraneo, il nuovo pezzo di puzzle che non si incastrava del tutto.

Quando Oliver entrò nella mensa, una sala enorme con soffitti alti e lampadari polverosi, calò un silenzio. Gli studenti già seduti si scambiarono sguardi frettolosi e le loro conversazioni

rallentarono fino a diventare quasi un sussurro. Oliver abbassò lo sguardo sul suo vassoio, pieno di cose essenziali: un panino, dei fagiolini e un budino dall'aspetto sospetto.

Trovando un tavolo vuoto sul retro, Oliver vi si diresse, facendo del suo meglio per ignorare i mormorii sommessi e le risatine che lo circondavano. Ma quando si sedette, una voce si fece largo nel rumore di fondo.

"Ehi, ragazzo nuovo!"

Oliver alzò lo sguardo e trovò di fronte a sé una ragazza con i capelli castani e una spruzzata di lentiggini sul naso. Lo guardava con un misto di curiosità e divertimento. I suoi occhi verdi scintillavano con un pizzico di malizia e la sua postura emanava sicurezza.

"Ciao, sono Oliver", disse allungando una mano.

La ragazza sorrise, ignorando il gesto. "Lo so. Ormai lo sa tutta la scuola. Mi chiamo Tessa". Si sedette di fronte a lui, senza essere invitata. "Hai quell'aria da cerbiatto. È il nervosismo del primo giorno?".

Oliver scrollò le spalle. "Più che altro è la confusione del primo giorno. Questo posto è... diverso".

Tessa rise, un suono melodico che attirò alcuni sguardi.

"Diversa è una parola gentile per definirlo. Molti qui la chiamerebbero infestata, maledetta o semplicemente strana".

Oliver sollevò un sopracciglio. "Davvero? Per quale motivo?" Si avvicinò, abbassando la voce a un sussurro cospiratorio.

"Vecchie storie. Cose che accadono di notte. Sparizioni, apparizioni e, soprattutto, l'ala est". Tessa inclinò sottilmente

la testa verso il lato orientale della scuola, dove si trovava un corridoio chiuso.

"Perché? Cosa c'è nell'ala est?".

Il contegno scherzoso di Tessa si oscurò. "Non l'hai saputo? È stato off-limits per tutto il tempo che si ricordi. Si dice che sia il luogo in cui Elara Everbane è stata l'ultima volta prima di... beh, prima di scomparire. Lì succedono cose strane. Nessuno si avvicina. E se sei intelligente, non lo farai nemmeno tu".

Oliver, incuriosito, chiese: "Che tipo di cose strane?".

Tessa si appoggiò allo schienale, scrutando la stanza prima che il suo sguardo si posasse di nuovo su di lui. "Suoni quando non dovrebbero esserci. Ombre che si muovono da sole. E di tanto in tanto qualcuno giura di aver visto una figura alla finestra. Ma sono anni che nessuno entra in quell'ala".

Nonostante il disagio che gli ribolliva nello stomaco, Oliver non poté fare a meno di rimanere affascinato. "Qualcuno ha mai provato a entrare?".

Annuì. "Qualche anima coraggiosa. Ma ne escono sempre... diverse. Disturbati. Non parlano di ciò che hanno visto. E poco dopo, di solito, cambiano scuola. O almeno questo è quello che ci dicono".

Oliver si accigliò. "Allora perché la scuola non lo demolisce e basta?".

Tessa lo guardò come se avesse appena suggerito di dipingere la scuola di rosa. "Fa parte della storia della scuola. Inoltre,

gli adulti sembrano credere che sia più sicuro lasciarlo intatto.
Dicono che certe cose è meglio lasciarle in pace".

Prima che Oliver potesse indagare ulteriormente, la campanella
suonò, segnalando la fine del pranzo. Tessa si alzò in piedi e
tornò ad essere allegra come prima. "Bene, Oliver, benvenuto
alla scuola elementare Everbane. Il mio unico consiglio: non
lasciare che la tua curiosità prenda il sopravvento". Con un
occhiolino se ne andò, lasciando Oliver con un centinaio di
domande e un'insaziabile curiosità per l'Ala Est e i suoi
misteri.

La giornata si trascinò, ma i pensieri di Oliver continuavano
a tornare alle parole di Tessa. Quando suonò l'ultima
campanella, prese una decisione. Avrebbe scoperto i segreti
della scuola elementare Everbane, a partire dall'enigmatica ala
est. A qualunque costo, era determinato a scoprire la verità.

CAPITOLO 3: IL SUSSURRO DELLA BIBLIOTECA

Il giorno successivo all'incontro con Tessa, Oliver decise di
trascorrere il suo tempo libero nella biblioteca della scuola. I
sussurri e gli sguardi dei suoi compagni di classe lo stavano
tormentando e sperava che la tranquilla solitudine di una
biblioteca gli avrebbe offerto un po' di rifugio. Dopotutto, le
biblioteche erano per lui un territorio familiare, un paradiso di
pace dove spesso fuggiva tra le pagine dei romanzi fantasy.
Quando Oliver entrò, l'atmosfera della biblioteca lo colpì
immediatamente. Sembrava che il tempo avesse dimenticato

questo luogo. Alti scaffali di legno fiancheggiavano le pareti, con le loro cornici di mogano impolverate dall'età. I lampadari penzolanti pendevano in alto e alcuni studenti sedevano sparsi tra i tavoli, persi nei loro libri. Il loro silenzio era scandito solo dal leggero picchiettio della macchina da scrivere della bibliotecaria.

Oliver iniziò a vagare tra gli scaffali, tracciando leggermente con le dita i dorsi dei libri. Ogni titolo sussurrava storie del passato, di studenti ormai scomparsi e di racconti che avevano custodito. Poi, una sezione in particolare attirò la sua attenzione: un angolo appartato dove erano conservati i tomi più antichi.

Mentre si avvicinava, Oliver sentì una strana attrazione, un leggero strattone alle corde del cuore, come se uno dei libri lo stesse chiamando. Scrutò gli scaffali e alla fine i suoi occhi si posarono su un grande volume rilegato in pelle con le parole "Archivi Everbane" impresse in oro. Nel momento in cui lo toccò, un brivido gli corse lungo la schiena.

La curiosità ebbe la meglio, Oliver estrasse delicatamente il libro e si diresse verso un tavolo vicino. Lo aprì con cura fino alla prima pagina. La pergamena era ingiallita dall'età, i bordi erano fragili e si sfilacciavano, ma l'inchiostro era ancora scuro come il giorno in cui era stato scritto. Tuttavia, prima che potesse approfondire le parole, un debole sussurro si levò dalle pagine.

Oliver si bloccò, il cuore gli batteva forte. Si guardò intorno per vedere se qualcun altro l'avesse notato, ma tutti sembravano

impegnati nelle loro letture. Il sussurro arrivò di nuovo, questa volta un po' più chiaro, come una brezza che passa tra le foglie. "Aiutami..."

Sbatté le palpebre, avvicinandosi al libro. "Chi sei?" Oliver sussurrò, esitante.

Una voce, gentile ma con toni di disperazione, rispose: "Sono lo spirito di Everbane. Hai trovato i miei documenti. Ti prego, leggi la mia storia. Comprendi la mia situazione".

Mettendo da parte ogni dubbio e paura, Oliver iniziò a leggere. Il diario descriveva la vita di Elara Everbane, la fondatrice e prima direttrice della scuola elementare Everbane. Le annotazioni parlavano della sua dedizione alla scuola e ai suoi studenti e della sua passione per le arti magiche. Oliver si lasciò rapidamente coinvolgere dai sussurri che lo guidavano attraverso i pensieri e i momenti più intimi di Elara.

Le ore sembravano passare in pochi minuti. Venne a conoscenza dell'amore di Elara per la sua scuola e della sua determinazione a proteggerla da ogni male. Elara scrisse dei suoi studi sulla magia protettiva e degli incantesimi progettati per proteggere la scuola dalle minacce fisiche e soprannaturali. Tuttavia, con l'avanzare delle voci, il tono si è fatto più cupo. Elara scriveva di una forza maligna che aveva accidentalmente risvegliato e che ora minacciava di consumare la scuola e tutti i suoi membri.

Il cuore di Oliver batteva forte mentre leggeva l'ultima voce, datata diversi decenni fa. Le parole di Elara erano frenetiche, piene di rimpianto e di paura. Scriveva di essersi sigillata

nell'Ala Est con la Forza Oscura, sperando di contenerla. Ma temeva che l'entità fosse troppo potente e si preoccupava del destino della scuola elementare di Everbane e dei suoi studenti.

"Ho fallito", recitano le ultime parole della pagina. "Possa qualcuno, un giorno, trovare un modo per spezzare questa maledizione e liberare Everbane da questa oscurità".

Nella biblioteca regnava un silenzio pesante. Oliver chiuse delicatamente il libro, la sua mente correva. La storia di Elara, il suo sacrificio, lo avevano toccato profondamente. Sentì una nuova determinazione ad aiutare, a svelare il mistero dell'Ala Est e a liberare lo spirito di Elara dalla forza maligna che la teneva prigioniera.

Mentre si alzava, la voce soave sussurrò di nuovo: "Grazie per avermi ascoltato, Oliver".

Annuì, sussurrando: "Te lo prometto, Elara, farò tutto il possibile per aiutarti".

Con un nuovo proposito, Oliver lasciò la biblioteca, con il peso del passato di Everbane che gravava sulle sue spalle. Ora aveva una missione, una promessa da mantenere. Ma prima aveva bisogno di alleati. Ricordò le parole di Tessa e decise che lei poteva essere la chiave per capirne di più. E forse, solo forse, c'erano altri nella scuola che avevano vissuto le stesse stranezze.

Non sapeva che la sua ricerca lo avrebbe portato a stringere legami più forti di quanto avesse mai conosciuto e ad affrontare pericoli che andavano oltre la sua più fervida immaginazione.

Ma per il momento, i sussurri della biblioteca lo avevano indirizzato su un sentiero e Oliver era pronto a seguirlo ovunque lo portasse.

CAPITOLO 4: L'ORA INFESTANTE

I giorni alla scuola elementare di Everbane si fondevano l'uno con l'altro, ognuno dei quali risuonava del mormorio di segreti sussurrati e sguardi condivisi. Con il passare dei giorni, Oliver iniziò ad avvertire una particolare tensione ogni pomeriggio, pochi minuti prima del suono dell'ultima campanella. L'energia della scuola cambiava; un brivido serpeggiava nell'aria, facendo rabbrividire gli studenti. La sensazione raggiungeva il culmine proprio quando doveva suonare l'ultima campanella. Ma per un attimo non sarebbe stato così. Gli orologi si sarebbero bloccati, il loro ticchettio sarebbe stato messo a tacere, facendo trattenere il respiro a tutta la scuola.

Un giorno, mentre Oliver sedeva nella sua classe di storia e guardava fuori dalla finestra, notò il modo in cui le ombre si allungavano e danzavano, trasformandosi in forme distorte. Gli alberi ondeggiavano, anche se non c'era brezza. Sentì un peso improvviso nell'atmosfera, che premeva su di lui.

Le storie bisbigliate sull'"ora di paura" cominciarono ad avere più senso. Gli studenti parlavano in tono sommesso degli ultimi momenti prima della fine della scuola. Hanno parlato di orologi che hanno smesso di ticchettare, di ombre che si muovevano da

sole e di uno strano silenzio che sembrava avvolgere l'intera
scuola.

Una settimana dopo l'incontro con il misterioso tomo, Oliver
si ritrovò seduto accanto a Tessa durante la lezione di arte. Il
loro compito era quello di disegnare la vecchia torre
dell'orologio visibile dalla finestra dell'aula. Mentre entrambi
si mettevano al lavoro, Oliver notò che Tessa dava spesso
un'occhiata all'orologio da polso, con un'ansia e un'attesa che si
mescolavano nei suoi occhi.

Avvertendo l'opportunità di saperne di più, Oliver chiese con
cautela: "Riguarda l'ora di caccia?".

Tessa alzò lo sguardo, sorpresa. "L'hai notato anche tu?".

Annuì. "È difficile non farlo. L'intera scuola sembra...
cambiare".

Tessa si avvicinò, la sua voce era appena udibile. "Non è solo
la scuola. Guarda gli studenti di quel periodo. Alcuni di loro...
vedono delle cose".

Incuriosito, Oliver chiese: "Che tipo di cose?".

Esitò, dando un'occhiata alla stanza prima di sussurrare:
"Apparizioni. Ricordi del passato. Alcuni sostengono
addirittura di aver visto Elara Everbane stessa aggirarsi per i
corridoi".

La mente di Oliver correva a mille. Se quello che aveva detto
Tessa era vero, allora questa "ora infestante" era collegata ai
misteri della scuola elementare di Everbane. "Sai perché
succede?"

Tessa sospirò, tracciando con le dita il profilo della torre dell'orologio sul foglio. "Ci sono molte teorie. Alcuni dicono che è a causa della maledizione lanciata da Elara, mentre altri credono che sia un portale tra i regni, un momento in cui il velo tra i vivi e i morti è più sottile".

In quel momento, la stanza divenne più fredda. Oliver sentì il peso familiare nell'aria. Guardò le ombre allungarsi e danzare, gli alberi all'esterno ondeggiare in un vento assente. Gli studenti nella stanza sembravano incantati, con gli sguardi distanti. Guardò l'orologio dell'aula. La lancetta dei secondi si era fermata.

Quando tornò a guardare Tessa, la trovò intenta a fissare un angolo della stanza. Seguendo il suo sguardo, Oliver vide la figura scintillante di una giovane ragazza, vestita in modo antico, con il volto segnato dalla tristezza. L'apparizione sembrò riconoscere Tessa e si protese verso di lei. Ma con la stessa rapidità con cui era apparsa, scomparve lasciando una scia di freddezza.

L'ambiente tornò alla normalità, il peso si era alleggerito. La lancetta dei secondi dell'orologio riprese il suo ticchettio e la campanella finalmente suonò, segnalando la fine della giornata scolastica. Come se si fossero svegliati da uno stato di trance, gli studenti raccolsero le loro cose, mentre l'apparizione stava già scomparendo dai loro ricordi.

Tessa e Oliver si scambiarono un'occhiata, un accordo tacito che passava tra loro. "Incontriamoci vicino alla vecchia quercia

dopo la scuola", mormorò lei, con gli occhi pieni di determinazione. "Dobbiamo parlare".

Oliver annuì, eccitato e allo stesso tempo apprensivo per il viaggio che stava per intraprendere. L'ora di tormento aveva rivelato una piccola parte dei misteri di Everbane e Oliver era ansioso di approfondire.

Mentre gli studenti affollavano i corridoi, ansiosi di lasciare i confini della scuola, Oliver sentì un rinnovato senso di responsabilità. Con Tessa al suo fianco, era un passo più vicino a svelare l'inquietante enigma della Everbane Elementary. Ma prima aveva bisogno di risposte. E aveva la sensazione che l'ora infestante contenesse la chiave.

CAPITOLO 5: AMICI IN LUOGHI SCONOSCIUTI

La vecchia quercia si ergeva maestosa e solitaria all'estremità del cortile della scuola. La sua corteccia era un mosaico di profonde scanalature e cicatrici, resti di innumerevoli anni e ricordi sussurrati. Il terreno sotto di essa era ricoperto di foglie cadute, creando un tappeto morbido e frusciante che sembrava invitare a segreti e confidenze.

Oliver raggiunse la quercia per primo, con il cuore che batteva per un misto di ansia ed eccitazione. Mentre aspettava Tessa, si guardò intorno, osservando gli studenti che chiacchieravano, giocavano e si disperdevano per la giornata. Il parco giochi era pieno di attività, ma qui, sotto la tettoia protettiva della quercia, c'era una palpabile quiete.

Tessa arrivò pochi istanti dopo, con gli occhi che scrutavano l'area con cautela. "Grazie per essere venuto, Oliver", esordì. "C'è qualcosa in questo posto, qualcosa che ci lega tutti in modi che non possiamo capire. E credo che l'ora di caccia sia solo una parte di questo".

Prima che Oliver potesse rispondere, altre due figure si avvicinarono all'albero. Uno era un ragazzo con i capelli castani arruffati e gli occhi acuti e curiosi: Leo. L'altra era una ragazza con i capelli nero corvino che le scendevano lungo la schiena e un'aura di forza tranquilla: Maya.

Tessa sorrise al duo. "Ho pensato che avremmo avuto bisogno di rinforzi".

Maya e Leo si scambiarono uno sguardo. "L'abbiamo notato anche noi", confessò Leo, strofinandosi la nuca. "Il modo in cui la scuola cambia, le apparizioni, le ombre... è difficile da ignorare".

Maya ha aggiunto, con voce più dolce, "E abbiamo avuto entrambi... delle esperienze. Da quando mi sono imbattuta in un vecchio medaglione nell'Ala Est, succedono cose strane intorno a me. Le ombre si muovono da sole e a volte sento dei sussurri che chiamano il mio nome".

Leo annuì in accordo. "Ho trovato una vecchia bussola vicino al ripostiglio dei bidelli. Da allora, mi indica luoghi all'interno della scuola che non dovrebbero esistere. Come scale che non portano da nessuna parte e porte che si aprono su muri di mattoni".

Oliver ascoltava, estasiato. Stava diventando chiaro che i misteri di Everbane erano profondi e intrecciati, e ognuno di loro era in qualche modo scelto per svolgere un ruolo nel suo svolgimento. "Dobbiamo trovare una soluzione", affermò. "Insieme".

Tra i quattro si formò subito un legame. Iniziarono a incontrarsi regolarmente sotto la quercia, condividendo le loro scoperte e ricomponendo l'enigmatico puzzle della scuola. Le loro esperienze e i loro incontri unici divennero pezzi preziosi di un puzzle che si stava lentamente mettendo a fuoco.

Durante uno di questi incontri, Maya rivelò il medaglione che aveva trovato. Era ornato, d'argento e recava incise le iniziali "E.E.". All'interno, c'era una foto sbiadita di una giovane donna che assomigliava molto all'apparizione che Oliver e Tessa avevano visto.

"Questa deve essere Elara Everbane", sussurrò Tessa, tracciando le iniziali incise con la punta delle dita.

Leo condivise la sua bussola che, anche in questo momento, puntava erraticamente verso l'ala est della scuola. "Vuole che andiamo lì", mormorò. "Ne sono sicuro".

Il quartetto ha trascorso giorni di ricerche, esplorando angoli nascosti della scuola e cercando indizi. Scoprirono vecchi registri scolastici, diari e articoli che indicavano un tragico evento che coinvolgeva Elara, l'omonima della scuola. Si diceva che si fosse cimentata nella magia antica per proteggere la scuola, ma qualcosa era andato terribilmente storto.

Un giorno, mentre il gruppo esaminava una mappa della scuola, Tessa fece una scoperta sorprendente. "Guardate qui", disse, indicando un'area contrassegnata come "in costruzione" nell'Ala Est. "Non c'era nelle mappe più vecchie. E c'è un simbolo accanto, simile a quello del libro trovato da Oliver".

Il simbolo - un cerchio con motivi intricati e rune - era inconfondibilmente familiare a Oliver. Era lo stesso che ornava il misterioso tomo della biblioteca.

"Questo è il nostro prossimo indizio", dichiarò Maya. "Dobbiamo scoprire cosa c'è lì".

Nel corso delle settimane, l'amicizia tra Oliver, Tessa, Maya e Leo si è approfondita. La missione condivisa, l'adrenalina di muoversi furtivamente e il brivido di scoprire i segreti li hanno uniti in un legame di fiducia e cameratismo. Sono diventati inseparabili, un faro di speranza nell'oscuro enigma della scuola elementare di Everbane.

Mentre i giorni diventavano sera e i misteri della scuola si infittivano, il gruppo trovava conforto nella compagnia reciproca. Condividevano risate, paure e sogni sotto l'abbraccio protettivo della vecchia quercia. L'albero, a sua volta, divenne il loro confidente, il loro punto d'incontro e il simbolo del loro legame indissolubile.

Non sapevano che la loro ricerca stava per prendere una piega oscura, che avrebbe messo a dura prova la loro ritrovata amicizia e li avrebbe spinti nel cuore dell'inquietante enigma che cercavano di svelare.

CAPITOLO 6: I RACCONTI DELL'INSERVIENTE

Il tintinnio delle chiavi risuonava lungo il corridoio mentre il signor Hobbs, l'anziano bidello della scuola elementare di Everbane, faceva il suo giro, controllando ogni porta e assicurandosi che i tanti segreti della scuola fossero messi al sicuro per la notte. I suoi capelli argentati, ordinatamente pettinati all'indietro, scintillavano sotto le luci soffuse e le numerose rughe sul suo viso lasciavano intendere innumerevoli storie di una vita vissuta pienamente.

Il gruppo dei quattro aveva deciso che il signor Hobbs sarebbe stato il loro prossimo indizio. Oliver lo aveva notato prima, soffermandosi a guardare i vecchi ritratti di famiglia che tappezzavano il corridoio della scuola, in particolare quello di Elara Everbane, con una sorta di triste riconoscimento negli occhi. C'era qualcosa nel bidello, un'aria di conoscenza che faceva pensare che avesse le risposte che cercavano.

Trovando un momento in cui era solo, Tessa si avvicinò coraggiosamente a lui, con i suoi amici alle spalle. "Signor Hobbs?", azzardò, con voce dolce, non volendo spaventare l'anziano.

Si voltò, con un'espressione sorpresa che si sciolse rapidamente in un caldo sorriso. "Ah, Tessa. E amici", salutò, facendo un cenno a Oliver, Maya e Leo. "Cosa posso fare per voi giovani a quest'ora del giorno?".

Tessa esitò per un attimo, scambiando un'occhiata con i suoi amici. Facendo un respiro profondo, alla fine chiese: "Cosa sai della storia di Everbane? Soprattutto di Elara?".

Una nuvola passò sugli occhi di Mr. Hobbs, che si prese un momento prima di rispondere. "Ah, Elara. L'anima perduta di Everbane. Come avete fatto voi bambini a sapere di lei?".

Oliver fece un passo avanti. "Abbiamo sperimentato... cose strane. Ombre che non dovrebbero esserci, sussurri dai libri, apparizioni. Pensiamo che siano collegate a Elara e a quello che le è successo".

Il signor Hobbs sospirò profondamente, guardandosi intorno come per accertarsi che fossero davvero soli. "Seguitemi", sussurrò, guidandoli verso il ripostiglio del custode, una stanza che scoprirono subito essere molto più di quanto sembrasse.

All'interno, la stanza si espanse, rivelando scaffali pieni di vecchi manufatti, fotografie e diari. L'aria profumava di mosto e legno vecchio, ma c'era anche un sentore di qualcos'altro: le rose.

Facendoli sedere, il signor Hobbs iniziò il suo racconto. "Everbane non è sempre stato il luogo che vedete oggi. Un tempo era pieno di risate, luce e tanto amore. Elara Everbane, la più giovane della stirpe degli Everbane, era la stella più luminosa del suo tempo. Dotata di arti e scienze, aveva una particolare affinità con le arti magiche".

Mentre parlava, le pareti sembravano animarsi, mostrando deboli immagini in movimento di un'Elara molto più giovane, che

praticava incantesimi, danzava nei campi e leggeva sotto la vecchia quercia.

"Ma", continuò, abbassando la voce a un sussurro, "da un grande potere derivano grandi responsabilità e, purtroppo, un certo fascino per gli aspetti più oscuri della magia".

Oliver ha fatto un gran borbottio. "Magia nera?"

Mr. Hobbs annuì solennemente. "Clara scoprì un antico incantesimo che prometteva di proteggere Everbane da ogni male. Ma l'incantesimo richiedeva un sacrificio, un legame della propria anima con la scuola stessa. E sebbene le sue intenzioni fossero pure, l'incantesimo era contaminato, non destinato a questo mondo. Quando lo lanciò, non si limitò a legare la sua anima, ma la fratturò, creando i disturbi di cui sei testimone".

Maya strinse il medaglione che portava al collo. "Quindi, l'apparizione che abbiamo visto, l'ora che ci perseguita, è dovuta alla rottura dell'incantesimo?".

Mr. Hobbs annuì: "Sì, i pezzi fratturati della sua anima sono intrappolati, riproducendo momenti della sua vita, desiderando di essere di nuovo interi. Di tanto in tanto, qualcuno con un legame con l'arcano viene a Everbane e sperimenta questi echi".

Gli occhi di Tessa si allargarono. "Ti riferisci a noi?"

Mr. Hobbs sorrise dolcemente. "Sì. Oliver con il suo retaggio, Maya con il medaglione, Leo con la bussola e Tessa, con la sua innata sensibilità al regno spirituale".

La consapevolezza pesò molto sul gruppo. Erano intrecciati con la storia di Everbane, scelti per riparare ai torti del passato.

Ma Leo, sempre curioso, chiese: "Perché i disturbi non sono stati risolti? Nessuno ci ha provato?".

L'inserviente sospirò: "Molti hanno provato e hanno fallito. L'incantesimo è antico e le forze che legano Elara sono potenti. Ma forse, con voi quattro insieme, c'è speranza".

I suoi racconti dipingevano un quadro toccante di amore, ambizione e conseguenze indesiderate. Quando lasciarono lo sgabuzzino del custode, i quattro sentirono un rinnovato senso di responsabilità.

Quando uscirono, il signor Hobbs consegnò a Oliver una piccola busta invecchiata. "Questa potrebbe essere utile", disse. "È una lettera di Elara, scritta ma mai spedita. Forse contiene la chiave".

Il gruppo lo ringraziò e la loro determinazione si rafforzò. I racconti dell'inserviente avevano dato loro un'idea, ma anche un pesante fardello. Avevano una missione e la posta in gioco era più alta che mai.

CAPITOLO 7: ESPLORAZIONE DI MEZZANOTTE

L'orologio nella stanza di Oliver batteva la mezzanotte, il suo inquietante silenzio faceva eco alla quiete della notte.

All'esterno, un coro di grilli suonava, interrotto a intermittenza dal lontano canto di un gufo. La maggior parte della città di Everbane dormiva, ma stanotte c'erano quattro anime che osavano attraversare i corridoi della scuola elementare di Everbane dopo il tramonto.

Il gruppo aveva deciso di incontrarsi all'ingresso della scuola. Oliver, Tessa, Maya e Leo si fermarono esitanti, osservando la figura alta e imponente dell'edificio scolastico, ora avvolto dal tenue argento della luce lunare.

Ognuno di loro teneva una lanterna, il cui caldo bagliore proiettava ombre tremolanti mentre le fiamme danzavano.

Facendo un respiro profondo, Maya trovò il coraggio di dire: "Dobbiamo trovare lo spirito di Elara. Potrebbe avere delle risposte, soprattutto dopo quello che ci ha detto il signor Hobbs".

Tessa annuì, con lo sguardo fisso sull'Ala Est proibita. "È da lì che dovremmo iniziare. È lì che si verificano la maggior parte dei disturbi".

I freddi cancelli di ferro scricchiolavano in modo inquietante mentre si dirigevano all'interno, i loro passi erano un tonfo ritmico sui vecchi pavimenti di legno. Ad ogni angolo che giravano, le pareti sembravano sussurrare, come se fossero a conoscenza di segreti dimenticati da tempo.

Si addentrarono nell'Ala Est e l'atmosfera si addensò di una tensione palpabile. Non passò molto tempo prima che incontrassero la prima particolarità della notte: ritratti che li seguivano con lo sguardo, deboli risatine che riecheggiavano da aule vuote e punti freddi che li facevano rabbrividire nonostante la notte estiva.

Eppure, nonostante l'atmosfera inquietante, c'era un'attrazione magnetica che li trascinava sempre più avanti. Infine, raggiunsero la grande porta che conduceva a quello che un tempo

era lo studio privato di Elara. Ornato, con boiserie a spirale e ornato di simboli che sembravano scintillare e muoversi, sembrava uscito da una fiaba.

Con delicatezza, Oliver la aprì e la stanza si rivelò. Alle pareti erano allineate alte librerie, piene di libri antichi e pergamene. Al centro si trovava un'imponente scrivania in mogano con fogli sparsi, penne e calamai. Ma ciò che attirò la loro attenzione fu l'enorme finestra in fondo, attraverso la quale filtrava la luce della luna, illuminando una figura traslucida che si librava appena sopra il suolo.

Elara.

La sua forma eterea brillò mentre si voltava verso di loro, i suoi occhi un tempo luminosi ora erano pieni di dolore. Sembrò riconoscerli e il suo sguardo si addolcì mentre sussurrava: "Siete venuti".

Maya, facendo un timido passo avanti, rispose: "Vogliamo aiutarti, Elara. Vogliamo sistemare ciò che è andato storto".

L'apparizione di Elara si avvicinò, la sua voce era una melodia ammaliante. "L'incantesimo che ho lanciato era per proteggere Everbane, ma è andato storto. Ora i frammenti della mia anima sono sparsi e mi legano a questo regno".

Tessa, con la voce tremante, chiese: "Come possiamo riparare? Come possiamo renderti di nuovo integra?".

Un morbido sospiro sfuggì alle labbra di Elara. "Per riparare l'incantesimo e liberarmi, devi prima capire l'essenza dell'incantesimo. Ma attenzione, la forza oscura che intervenne

quella fatidica notte è ancora in agguato e cerca di rafforzare la sua presa".

Mentre parlava, una folata di vento freddo spense le lanterne. L'oscurità avvolse la stanza e una risata profonda e malevola rieccheggiò. Il pavimento vibrò e le ombre si trasformarono in forme grottesche, circondando il gruppo terrorizzato.

Leo, pensando velocemente, estrasse un piccolo cristallo dalla tasca, cantando parole che lo fecero brillare di una luce soffusa. Le ombre sibilarono, ritraendosi dalla sua luminosità.

"Hanno paura della luce!" Esclamò Oliver, radunando i suoi amici. "Insieme!"

I quattro unirono le mani, concentrandosi sulla luce del cristallo. Lentamente, la luce si fece più intensa e costrinse le ombre a ritirarsi, allontanando il pericolo immediato.

La stanza tornò ad essere illuminata dalla luna, ma lo spirito di Elara stava svanendo. "Devi stare attento", sussurrò, mentre la sua forma diventava più traslucida. "La forza si rafforza a ogni scontro. Cerca i frammenti della mia anima, riparali e forse avrai una possibilità".

Con ciò, scomparve, lasciandosi alle spalle una stanza immersa nel silenzio e nel pesante peso della loro missione.

Il gruppo, scosso ma risoluto, uscì dall'Ala Est, con un legame più forte che mai. Sapevano che il cammino da percorrere era irto di sfide, ma erano determinati a svelare l'enigma dell'Everbane e a salvare lo spirito di Elara.

Quando l'alba cominciò a sorgere, proiettando una tonalità dorata sulla città, gli amici promisero di incontrarsi di nuovo, pronti a intraprendere la loro prossima avventura.

CAPITOLO 8: I SEGRETI DEL LIBRO

Dopo l'effimero incontro con Elara, il giorno successivo Oliver e i suoi amici si riunirono in biblioteca, alla ricerca del misterioso tomo che Oliver aveva precedentemente scoperto. Il libro, un arazzo di pagine antiche e fragili intrecciate con fili d'oro, si diceva contenesse le riflessioni e gli incantesimi di Elara Everbane, l'insegnante spettrale legata tra i reami. Un'atmosfera di attesa li avvolse quando Oliver aprì delicatamente il libro. Le pagine erano scritte con una scrittura elegante e scorrevole e con diagrammi intricati. L'aria crepitava di energia latente, sussurrando segreti di una tradizione dimenticata. Una miriade di incantesimi si dispiegò davanti a loro, ricette per incantesimi, protezioni e, cosa più intrigante, modi per entrare in contatto con gli spiriti dell'Altro Lato. I sussurri che aleggiavano intorno a loro sembravano risuonare con l'essenza di Elara, raccontando le storie del suo amore per la scuola e della sua incessante ricerca di proteggerla dall'oscurità incombente. Elara aveva cercato di creare un santuario, un luogo dove le ombre del passato non potessero invadere. Tuttavia, era evidente che le sue nobili ambizioni avevano intrecciato il suo destino con le stesse ombre che cercava di scacciare.

Maya tracciò le sue dita sui disegni di Elara, con il volto segnato dalla concentrazione. "Sembra che Elara abbia usato una combinazione di antiche rune e allineamenti celesti per fortificare Everbane contro le entità oscure", disse, con la voce piena di stupore e rispetto.

Il viaggio nel libro ha rivelato la profonda conoscenza di Elara dei regni mistici e le sue battaglie con le entità maligne. Oliver e i suoi amici hanno imparato a conoscere la sua determinazione e il suo coraggio, combattendo contro l'oscurità per garantire la sicurezza dei suoi amati studenti.

La ricerca di Elara l'aveva portata a creare una potente barriera, un incantesimo intessuto con fili di luce lunare e polvere di stelle, con l'obiettivo di sigillare la scuola dal male incombente. Tuttavia, una forza sinistra, un'ombra in agguato tra le linee della realtà, aveva interrotto il suo incantesimo, intrappolando la sua anima nei contorti regni di Everbane.

Gli occhi di Tessa si allargarono quando lesse delle entità del Regno dell'Ombra, creature dell'incubo e della disperazione che sussurravano bugie e seminavano discordia. "Elara ha cercato di proteggerci da questi orrori, ma l'incantesimo le si è ritorto contro", mormorò, con un pizzico di dolore nella voce. "Ora è bloccata tra i mondi e la scuola è infestata da queste creature".

Ogni giro di pagina svelava qualcosa in più sui frammenti dell'anima di Elara, ogni pezzo legato a un elemento diverso, sparsi per la scuola e i suoi dintorni. Per liberare Elara e ricucire i regni fratturati, avrebbero dovuto raccogliere questi

frammenti d'anima ed eseguire un rituale sacro sotto la luce della luna piena.

Leo, con le dita che accarezzavano delicatamente le vecchie pagine ingiallite, disse in tono riflessivo: "Dobbiamo trovare la posizione di questi frammenti e gli ingredienti per il rituale. Se riusciremo a raccoglierli, potremo liberare Elara e bandire le entità oscure".

Il processo era pieno di pericoli e gli amici capirono la grandezza del loro compito. Occhi invisibili sembravano osservarli, le ombre sussurravano il loro malcontento e l'aria stessa formicolava di potere represso mentre tracciavano il loro percorso, decidendo i luoghi da cercare e gli oggetti da trovare.

In questo nuovo sodalizio, Oliver, Maya, Leo e Tessa intrapresero un viaggio attraverso i velati misteri della Everbane Elementary. La scuola, un labirinto di corridoi nascosti e stanze segrete, sembrava respirare, il suo battito riecheggiava i battiti dei loro cuori.

Ogni frammento rappresentava una sfida unica, protetta da enigmi e guardiani spettrali, resti del mondo da cui Elara aveva cercato di proteggersi. Il gruppo affrontò le prove con una determinazione incrollabile e i loro legami si rafforzarono ad ogni ostacolo superato.

I frammenti, radiosi con l'essenza di Elara, sussurravano di speranza e resilienza, guidandoli attraverso le complessità dell'antico rituale necessario per riparare l'anima della maestra spettrale. Ogni pezzo era un puzzle del più grande arazzo che era la vita e l'eredità di Elara.

I misteri del libro rivelarono non solo la via della salvezza di Elara, ma anche la profondità del suo amore per i suoi studenti e la sua scuola. Un amore che trascendeva i confini del tempo e dello spazio, un faro di luce nelle ombre che avvolgevano Everbane.

Man mano che gli amici si addentravano nella storia, le ombre intorno a loro sembravano agitarsi, sussurrando minacce e promesse di disperazione. Ma il fronte unito dei nuovi amici, la luce del loro scopo condiviso, ha respinto l'oscurità strisciante, creando un faro di speranza nei corridoi infestati della scuola elementare di Everbane.

Ogni segreto svelato, ogni pezzo dell'anima di Elara recuperato, li avvicinava al culmine della loro ricerca, al confronto finale con l'entità oscura che aveva intrappolato Elara e contaminato Everbane. I segreti del libro erano la loro guida, i sussurri di un'epoca passata i loro compagni di viaggio attraverso i contorti e oscuri regni dell'Elementare di Everbane.

In questo viaggio, Oliver, Maya, Leo e Tessa hanno scoperto non solo gli aspetti nascosti della loro scuola, ma anche la forza che c'è in loro stessi, il potere dell'amicizia e le infinite possibilità dello spirito umano. Il libro era una testimonianza della resilienza e dell'amore di Elara e divenne il loro faro, la loro luce nell'ombra, guidandoli attraverso il labirinto dei misteri e verso la speranza di una nuova alba per la scuola elementare di Everbane.

CAPITOLO 9: IL MESSAGGIO DI ELARA

Una ritrovata riverenza si era posata sul gruppo mentre si riuniva nel cuore della biblioteca. Le rivelazioni dell'antico libro li avevano lasciati con un misto di timore e determinazione. Il loro compito, per quanto scoraggiante, aveva ora un percorso chiaro. Avevano solo bisogno di una guida su come percorrerla.

Fu Leo, con il suo innato senso del drammatico, a suggerire di provare a comunicare direttamente con Elara. "Abbiamo bisogno della sua guida", affermò, aggiustandosi gli occhiali. "Abbiamo imparato molto dal libro, ma non c'è niente di meglio che sentirlo direttamente dalla fonte".

Maya, da sempre scettica, alzò un sopracciglio. "E come pensiamo di farlo esattamente? Dire 'Ciao Elara, mi ricevi?' nell'etere?".

Oliver, ricordando i suoi precedenti incontri, suggerì: "L'ala est. È lì che l'abbiamo vista. Forse è lì che la sentiremo".

Tessa annuì in accordo. "Vale la pena tentare. E se questa scuola mi ha insegnato qualcosa, è che a Everbane tutto è possibile".

Sotto le luci soffuse del crepuscolo, il gruppo si riunì nell'Ala Est. L'area era pervasa da una palpabile carica elettrica, come se i confini tra i regni fossero più sottili. Posizionando il libro al centro di uno spazio sgombro, unirono le mani, formando un cerchio protettivo intorno ad esso.

Quando chiusero gli occhi, concentrando le loro energie, si alzò un vento leggero, non proveniente da finestre o bocchette, ma

apparentemente originato dal libro stesso. I segreti sussurrati, una volta un semplice fruscio di pagine nella biblioteca, ora crescevano in un coro armonizzato, un ponte tra il qui e l'aldilà. Fu Oliver a parlare per primo, con la voce piena di intenti. "Elara Everbane, cerchiamo la tua guida".

Per un lungo momento non ci fu nulla. Poi, una tenue luminescenza iniziò a riempire la stanza. L'aria stessa brillò quando la forma eterea di Elara si materializzò davanti a loro, la sua sagoma tremolante come la fiamma di una candela.

Con grazia e una tristezza di fondo, iniziò a parlare, la sua voce riecheggiava l'epoca passata da cui proveniva. "Anime coraggiose, avete scoperto la mia storia, i miei più profondi rimpianti. La maledizione che ho involontariamente lanciato su questa sacra istituzione mi ha tenuta intrappolata in un limbo, incapace di proteggere pienamente gli studenti che ho tanto amato".

Tessa, con la voce piena di compassione, chiese: "Cosa possiamo fare per aiutare? Abbiamo letto il tuo libro sul rituale".

Elara sorrise, la luce spettrale intorno a lei si illuminò momentaneamente. "Il rituale può liberarmi e salvare la scuola. Ma non si tratta solo di raccogliere gli ingredienti. Si tratta di capire il legame più profondo che ogni elemento ha con la storia di Everbane e con l'essenza stessa della magia".

Mentre parlava, l'atmosfera della stanza cambiò. Le ombre si sono spostate, rivelando scorci di Everbane di epoche passate. Studenti con uniformi datate, un'ampia area verde prima della

costruzione dell'Ala Est, insegnanti di epoche diverse... istantanee di un istituto vivace e fiorente.

Maya, con gli occhi spalancati dallo stupore, mormorò: "È come un ricordo vivente".

Elara annuì. "Ogni ingrediente che cerchi è legato a questi ricordi, all'anima stessa di Everbane. Le gocce di rugiada baciate dalla luna, ad esempio, si trovano sull'albero più vecchio del cortile della scuola, dove un tempo gli studenti si riunivano per condividere sogni e segreti al chiaro di luna".

Leo, da sempre attento ascoltatore, ha osservato: "Quindi, per raccogliere gli ingredienti, dobbiamo capire e connetterci veramente con la storia della scuola".

"Sì", rispose Elara. "Ma ti avverto. La forza oscura che mi ha intrappolato cercherà di ostacolare i tuoi sforzi. Si nutre di paura e discordia".

Oliver, facendo appello al suo ritrovato coraggio, dichiarò: "Finora abbiamo affrontato gli inquietanti enigmi di Everbane. Possiamo farcela insieme".

Elara sorrise: "Credo in te. Ricorda, la magia più potente risiede nell'unità e nello scopo. Raccogli gli ingredienti, esegui il rituale e riporta Everbane alla sua antica gloria".

Quando la sua forma iniziò a svanire, aggiunse: "E grazie. Anche in questo stato spettrale, la speranza mi riscalda il cuore".

La stanza tornò al suo stato di penombra e silenzio, ma il peso dell'incontro rimase. Il quartetto, forte dello scopo e del messaggio di Elara, conosceva il proprio cammino. L'anima di

Everbane chiamava e loro erano pronti a rispondere alla sua chiamata.

Sotto la luce fioca delle loro lanterne, il gruppo discusse i passi successivi. Con la guida di Elara e la conoscenza dell'antico libro, si sono imbarcati in una missione non solo per salvare la loro scuola, ma anche per entrare in contatto con il suo storico passato. I misteri di Everbane si stavano svelando e loro ne erano al centro, desiderosi di tessere un nuovo capitolo della sua enigmatica storia.

CAPITOLO 10: RACCOLTA DEGLI INGREDIENTI

Era la fase calante della luna quando il quartetto si mise in viaggio per raccogliere gli ingredienti necessari a spezzare la maledizione. Oliver, Maya, Leo e Tessa, armati della guida di Elara e delle descrizioni criptiche dell'antico libro, affrontarono gli inquietanti enigmi della scuola elementare di Everbane.

1. Gocce di rugiada baciate dalla luna:

Il primo della loro lista era la goccia di rugiada baciata dalla luna sull'albero più vecchio del cortile della scuola. Il quartetto si avventurò nel cortile aperto, dove gli alberi nodosi si ergevano alti e fieri, dopo aver visto passare innumerevoli stagioni.

L'albero più vecchio si distingueva dagli altri: la sua corteccia era grigio cenere e i suoi nodi simili a occhi avevano un aspetto vuoto.

Mentre si avvicinavano, notarono qualcosa di particolare. Un bagliore luminoso emanava dalla base dell'albero, creando uno spettacolo che sembrava quasi ultraterreno. Maya si avvicinò con cautela, sfiorando con le dita l'erba morbida e umida e sentendo il tocco fresco delle gocce di rugiada.

Tuttavia, raccogliere la rugiada non sarebbe stato così semplice come pensavano. Per ogni goccia che Maya cercava di raccogliere, questa danzava via, come se sfuggisse alla cattura. La frustrazione era evidente nei suoi occhi.

Leo, da sempre pensatore, ebbe un'intuizione. "Forse non si tratta solo di raccogliere fisicamente la rugiada. Forse si tratta di capire la storia dell'albero e di entrare in contatto con lui".

Tessa, ricordando le ombre del passato mostrate da Elara, iniziò a canticchiare una vecchia ninna nanna. Mentre lo faceva, i rami dell'albero ondeggiavano dolcemente e le sfuggenti gocce di rugiada si posavano, permettendo a Maya di raccoglierle.

2. Farfalle spettrali:

Guidati dai vaghi accenni del libro su un luogo "dove il giorno incontra la notte", il gruppo si rese conto che la vecchia torre dell'orologio, bloccata per sempre nel crepuscolo, era la loro scelta migliore. La porta di legno consumata dal tempo scricchiolò quando la spinsero, rivelando una scala a chiocciola che spariva verso l'alto nell'ombra.

Si arrampicarono, facendo risuonare i loro passi, fino a raggiungere il quadrante dell'orologio. Lì, tra gli ingranaggi dorati e gli antichi macchinari, assistettero a uno spettacolo di

pura magia. Le farfalle, illuminate da una luce eterea, svolazzavano intorno a loro.

Oliver allungò con cura una mano e una delle farfalle spettrali si posò sul suo palmo, con le ali che pulsavano dolcemente.

Questo momento, però, fu interrotto da un'agghiacciante folata di vento e, all'improvviso, figure scure e ombrose scesero in picchiata, cercando di strappare le farfalle.

Usando le lanterne, respinsero le figure in ombra. A ogni gesto delle lanterne, le ombre si dissipavano, come nebbia sotto il sole del mattino. Una volta scomparse le ombre, altre farfalle si posarono su ciascuno dei bambini, come se li ringraziassero.

3. Pietra incantata dal Cuore di Everbane:

Il libro descriveva la pietra come "Un cuore che non batte di vita, ma di ricordi". Il quartetto rifletté su questo, finché Leo non pensò alla vecchia fontana. Secondo la leggenda, gli studenti vi sussurravano i loro segreti e desideri.

Alla base della fontana, tra una miriade di monete e ninnoli, c'era una pietra che pulsava debolmente con una luce tenue. Ma quando Tessa la raggiunse, le acque della fontana si agitarono. Dei viticci liquidi si allungarono per cercare di attirarla.

Maya agì rapidamente, usando un canto del libro di Elara per calmare le acque. La fontana si calmò e la pietra fu loro.

4. Una canzone del passato:

Il libro parlava di "una melodia dei tempi passati, catturata dagli echi". Questo li ha portati nella vecchia aula di musica della scuola, dove antichi strumenti giacevano coperti di polvere.

Quando entrarono, la stanza si animò di melodie spettrali, il suono di strumenti da tempo silenziosi. Hanno capito che dovevano ricreare la melodia per catturarne l'essenza. Quando ognuno di loro ha preso in mano uno strumento, hanno sentito un legame con gli studenti che li avevano suonati in precedenza. Guidati da questa forza invisibile, suonarono e le loro note combinate formarono la bellissima canzone del passato. La musica riempì una fiala di cristallo e le sue note vorticarono all'interno.

5. Una promessa di unità:

L'ingrediente finale era astratto. "Un testamento di unità, da parte di coloro che cercano di riparare le fratture". Era chiaro che non si trattava di qualcosa che potevano trovare in giro. Riuniti nel cuore di Everbane, ognuno di loro fece una promessa solenne, promettendo di proteggere la scuola e l'altro. Mentre pronunciavano le loro promesse, una luce radiosa si sprigionò al loro interno, fondendosi a formare una sfera luminosa.

Una volta raccolti tutti gli ingredienti, provarono un senso di realizzazione, ma anche un senso di sfida imminente. La forza oscura che affliggeva Everbane era ancora in libertà e il rituale era la loro unica speranza di bandirla per sempre.

CAPITOLO 11: IL RITUALE

Con gli ingredienti in loro possesso, Oliver, Maya, Leo e Tessa si riunirono nel cuore della scuola elementare di Everbane: il vecchio auditorium. La sala era colossale e la sua

architettura ricordava le cattedrali gotiche. Lunghe tende a brandelli oscuravano le finestre ricoperte di polvere e l'enorme palcoscenico, ormai logoro e segnato da innumerevoli recite scolastiche, era in attesa, come un silenzioso e antico osservatore.

Tessa mise un grande telo bianco al centro del palco e su di esso pose gli ingredienti raccolti: la fiala della canzone del passato, il globo luminoso che indicava la loro unità, le gocce di rugiada baciate dalla luna, le farfalle spettrali che svolazzavano all'interno di un vaso delicato e la pietra incantata dal cuore di Everbane.

Mentre si disponevano in cerchio intorno a questi oggetti sacri, l'atmosfera si fece sempre più densa di attesa. Ognuno di loro poteva sentirlo: il peso del compito che li attendeva e l'ombra della forza oscura che era in agguato, in attesa della sua occasione.

Il libro di Elara, ora nelle mani di Oliver, si aprì su una pagina specifica, rivelando il rituale che avrebbero dovuto eseguire. Le scritte, in inchiostro indaco intenso, descrivevano una danza, un canto e l'ordine preciso in cui gli ingredienti dovevano essere utilizzati.

"Prima la danza", mormorò Leo, indicando la serie di illustrazioni. Raffiguravano quattro figure che si muovevano con movimenti fluidi, i loro percorsi si intrecciavano, simboleggiando l'equilibrio tra il regno dei vivi e quello degli eterei.

Prendendo le posizioni di partenza, il quartetto iniziò a muoversi, cercando di fare del proprio meglio per emulare la danza raffigurata. Maya era in testa, con passi morbidi e deliberati. Oliver la seguì, completando il suo ritmo. Leo aggiunse complessità con giri e salti e Tessa li riunì, sincronizzando i loro movimenti.

Mentre danzavano, la sala iniziò a rispondere. Le farfalle spettrali si accesero di più, illuminando la penombra dell'auditorium. Le gocce di rugiada baciate dalla luna scintillavano, proiettando riflessi che danzavano sulle pareti.

La fiala della canzone iniziò a ronzare, la sua melodia si diffuse nella stanza. E il cuore di Everbane, la pietra pulsante, pulsava a ritmo della loro danza.

Una volta terminata la danza, tornarono nelle loro posizioni iniziali, ansimando, sentendo l'energia che avevano suscitato.

Oliver iniziò il canto, con le parole che scorrevano fluide dalle sue labbra e che riecheggiavano sulle pareti dell'auditorium.

"Dai regni del passato ai legami del presente, ti invochiamo per armonizzarci. Spezza le catene, libera gli spiriti, cuore di Everbane, ti invochiamo".

Ad ogni ripetizione del canto, l'atmosfera diventava sempre più carica. Gli oggetti sul foglio iniziarono a levitare e un turbine di energia iniziò a vorticare intorno al quartetto. Ogni farfalla spettrale lasciò il suo vaso e iniziò a girare intorno a loro.

Il crescendo arrivò quando Maya rilasciò il globo luminoso dell'unità. Fluttuò verso l'alto e poi scoppiò, inondandoli di

scintille di luce radiante. La stanza sembrava viva, l'aria densa di magia.

Ma proprio quando sembrava che il rituale stesse raggiungendo il suo culmine, un vento scuro e freddo attraversò l'auditorium, spegnendo la luce. La forza che avevano percepito, quella che era rimasta in agguato nell'ombra, ora rese nota la sua presenza. La temperatura crollò e un'energia opprimente riempì la stanza. La voce che emanava dall'oscurità non era né del tutto umana né del tutto ultraterrena. Riecheggiava di rabbia, risentimento e un inquietante senso di piacere.

"Pensi di potermi bandire?", li schernì. Le porte dell'auditorium si chiusero sbattendo, intrappolandoli all'interno. Le ombre iniziarono a strisciare verso il palco, con forme indistinte e mutevoli.

Tessa, con il volto pallido ma determinato, si fece avanti.

"Non ci faremo intimidire", dichiarò.

Maya, stringendo la fiala della canzone, ha aggiunto:

"Insieme, siamo uniti contro di te".

Leo, pieno di coraggio, disse: "Everbane merita di essere libero".

Oliver, tenendo stretto il libro di Clara, concluse: "E noi ne assicureremo la liberazione".

La forza oscura emise una risata agghiacciante. "Allora venite avanti, bambini. Vediamo di che pasta siete fatti".

Una volta lanciata la sfida, il quartetto si preparò a quello che sarebbe successo, lo scontro finale che avrebbe deciso il destino della scuola elementare di Everbane.

CAPITOLO 12: LO SCONTRO FINALE

Le ombre, informi e minacciose, vorticavano intorno all'auditorium, circondando i quattro coraggiosi bambini. Le pareti sembravano chiudersi, il soffitto sembrava abbassarsi, tutto li spingeva in uno spazio di terrore. La temperatura continuava a scendere, ogni respiro che facevano era visibile come uno sbuffo di nebbia.

Dal centro di questo vortice d'ombra emerse una figura, più alta di qualsiasi uomo e avvolta in un mantello di pura oscurità. Il suo volto era oscurato, tranne che per due occhi rossi incandescenti che sembravano trafiggere l'anima stessa del quartetto.

Oliver, afferrando il libro di Elara con entrambe le mani, si fece avanti. "Chi sei?" chiese, la sua voce forte, anche se tremante di ansia.

La figura rise, un suono che era un misto tra un sibilo e un ringhio. "Sono ciò che rimane quando la luce viene meno. Sono il culmine dell'incantesimo oscuro che Elara ha lanciato, dandomi involontariamente la vita. Sono l'incarnazione delle paure e degli incubi di Everbane. Sono la forza che consumerà questa scuola e tutti i suoi ricordi".

Tessa, con gli occhi stretti, rispose: "Non ve lo permetteremo. Everbane è molto più di semplici mattoni e malta. È un luogo di apprendimento, di ricordi e merita di essere libero dalle tue grinfie".

L'entità sogghignò, i suoi occhi luminosi si restrinsero. "Stupidi bambini. Pensate davvero di potermi contrastare?".

Mentre l'entità avanzava, Maya, pensando rapidamente, stappò la fiala contenente la canzone del passato. Il leggero ronzio che risuonava in sottofondo si fece più forte, trasformandosi in una bellissima melodia che sembrava tessere nell'aria, cercando di allontanare l'oscurità.

Tuttavia, l'entità agitò semplicemente la mano, mettendo a tacere la melodia. "Avrai bisogno di qualcosa di più di una vecchia canzone per fermarmi".

Leo, il cui volto è una maschera di determinazione, parlò poi: "Allora che ne dici dell'unità? Lo spirito di Everbane prospera sull'unità". Mentre parlava, sollevò la sfera incandescente, che brillava ancora di più di prima.

La forza oscura si fermò, chiaramente colpita dalla luce, ma non fu sufficiente. Con un ruggito, mandò in frantumi la sfera con un semplice sguardo, riducendo il suo bagliore radioso in semplici frammenti.

Sentendo il peso della loro situazione e delle scarse risorse a loro disposizione, i quattro amici si rannicchiano, cercando conforto e forza l'uno dall'altro.

Con voce calma ma determinata, Tessa sussurrò: "Dobbiamo unire le nostre forze. Dobbiamo credere nel potere dell'unità e nello spirito di Everbane".

Con ritrovata determinazione, Oliver posò il libro di Elara a terra. Unendo le mani, i quattro cominciarono a cantare le

parole del libro e le loro voci si alzarono all'unisono,
riecheggiando nell'auditorium.

"Dal cuore di Everbane, alle anime che vi risiedono, spezza le
catene dell'oscurità, lascia entrare la luce. Per l'unità e la forza,
per i ricordi di un tempo, scaccia l'ombra, lascia che la storia si
svolga".

A ogni ripetizione, il battito del cuore di Everbane, la pietra
incantata, diventava più forte. Cominciò a fluttuare, emanando
una luce calda e dorata che iniziò a scacciare le ombre.

L'entità ruggì in preda alla rabbia e alla frustrazione, la sua
forma tremolava e si contorceva mentre la luce della pietra si
intensificava. Si scagliò contro il gruppo, ma fu respinta dalla
barriera protettiva formata dal loro canto e dal bagliore della
pietra.

All'improvviso, dalle profondità dell'auditorium, cominciarono
a emergere figure spettrali. Si materializzarono immagini
spettrali di studenti, insegnanti e altri membri della comunità di
Everbane nel corso degli anni. Si unirono al quartetto nel loro
canto e le loro voci eteree amplificarono la potenza delle parole.

Con un'ultima spinta di energia, la luce esplose dal cuore di
Everbane. L'auditorium fu immerso nel suo splendore e con un
urlo assordante l'entità oscura fu bandita, la sua forma si
dissolse nel nulla.

Quando la luce si affievolì, le figure spettrali che erano venute
in loro aiuto iniziarono a svanire, annuendo e sorridendo al
quartetto, esprimendo la loro gratitudine prima di scomparire.

I quattro amici, esausti ma trionfanti, si guardarono intorno nell'auditorium. I resti della forza oscura erano spariti. Il cuore di Everbane – la pietra incantata – si posò di nuovo sul lenzuolo bianco, con un bagliore morbido e confortante.

Ce l'avevano fatta. Avevano unito le loro forze uniche, attinto all'essenza di Everbane e scacciato l'entità maligna.

La battaglia finale era finita, ma il viaggio per riportare Everbane alla sua antica gloria era appena iniziato.

CAPITOLO 13: EVERBANE RINATO

I primi raggi del sole mattutino scintillavano attraverso la chioma, illuminando la scuola elementare Everbane appena trasformata. Gli alberi, che prima gettavano un'ombra perenne sulla scuola, ora si ergevano alti e fieri, i loro rami ondeggiavano dolcemente nella brezza, permettendo ai raggi di sole di illuminare il terreno. I mattoni, che prima erano consumati e rovinati dalle intemperie, sembravano aver riacquistato la loro forza e la loro lucentezza, riflettendo la nuova vivacità della scuola.

Quando Oliver si avvicinò alla scuola, un dolce calore lo avvolse. Fu accolto dal cinguettio degli uccelli e dall'eco lontana delle risate dei bambini. L'inquietante silenzio che prima risuonava nei corridoi era ora sostituito da allegre chiacchiere e dal suono delle campane.

Presto fu raggiunto da Maya, Leo e Tessa. Si scambiarono uno sguardo complice, il loro legame era stato forgiato dagli

eventi straordinari che avevano affrontato di recente. I ricordi della notte precedente erano allo stesso tempo lontani e immediati. La figura oscura, i loro canti e lo scontro finale erano impressi nella loro memoria, ma non riuscivano a liberarsi dalla sensazione di essersi svegliati da un sogno vivido.

Entrando nell'edificio principale, il gruppo fu accolto da corridoi luminosi adornati da opere d'arte colorate e dal ricco profumo di vernice fresca. Gli insegnanti sorridevano e li salutavano, con i volti non appesantiti dal peso del passato che li tormentava.

Nel cortile, trovarono una sorpresa. Una bellissima fontana, che prima non si vedeva e che era nascosta da decenni di edera cresciuta, ora si trovava al centro. L'acqua scintillava mentre scendeva a cascata e intorno ad essa sedevano gli studenti, impegnati nei loro libri o in allegre conversazioni.

Anche la biblioteca, il loro rifugio durante la ricerca, aveva subito una trasformazione. La polvere che un tempo galleggiava alla luce del sole era sparita, sostituita dal dolce aroma dei libri antichi. Il misterioso tomo che li aveva guidati nel loro viaggio era al sicuro al suo posto, i suoi sussurri erano stati messi a tacere ma la sua saggezza era a disposizione di chi la cercava.

Nei giorni successivi, altri cambiamenti sono diventati evidenti. Le lezioni erano vivaci, con gli insegnanti che impartivano con passione il sapere e gli studenti che lo assimilavano con entusiasmo. L'Ala Est, che un tempo custodiva i segreti del passato, era ora aperta a tutti, con aule rinnovate e pronte per le lezioni.

Tuttavia, il cambiamento più notevole è stato il comportamento degli studenti. Quelli che prima sogghignavano e mormoravano ora si avvicinavano a Oliver e ai suoi amici con curiosità e rispetto. Le storie sul loro coraggio si erano diffuse e loro erano visti come eroi che avevano salvato Everbane dalle grinfie dell'oscurità.

Una sera, mentre erano seduti sotto un albero a ricordare le loro avventure, il signor Hobbs, il custode, si avvicinò a loro. Il suo solito ronzio fu sostituito da un ampio sorriso. "Voi ragazzi ce l'avete fatta", disse, con la voce piena di emozione. "Everbane è tornata ad essere quella di sempre, grazie a voi".

Man mano che i giorni diventavano settimane, i ricordi del loro calvario cominciavano a svanire, sostituiti dalla gioia della normale vita scolastica. Si immersero nelle lezioni, nelle attività extracurriculari e nelle occasionali marachelle.

Tuttavia, non tutto era tornato alla normalità. Di tanto in tanto, un brivido correva lungo la schiena di Oliver o Maya si fermava, percependo una presenza. Sapevano che, pur avendo bandito l'entità oscura, la scuola nascondeva ancora molti misteri.

Un giorno, mentre uscivano dalla scuola, notarono una targa vicino all'ingresso principale. Era vecchia e l'iscrizione era sbiadita, ma con un certo sforzo riuscirono a distinguere le parole:

Allo spirito di unità e coraggio, al cuore di Everbane, che questa scuola sia una testimonianza di conoscenza, crescita e potere del cambiamento.

Si sono resi conto che lo spirito di Everbane non era solo nei mattoni o negli alberi. Era nelle risate degli studenti, nella saggezza degli insegnanti e nelle storie che sarebbero state raccontate per le generazioni a venire.

La scuola elementare di Everbane era rinata, il suo cuore batteva forte e il suo spirito era imperterrito. Era un faro di speranza, una testimonianza del fatto che con l'unità, il coraggio e un po' di magia, qualsiasi sfida può essere superata.

CAPITOLO 14: ADDIO A UN AMICO

Le settimane successive alla rinascita di Everbane erano state un turbine di cambiamenti, speranze e gratitudine non espressa. Tra l'allegria e la ritrovata vitalità, tuttavia, una sensazione di attesa permaneva nell'aria. Oliver, Maya e Leo lo sentivano più profondamente. Non avevano ancora visto Elara dalla notte del rituale. Un senso di incompiutezza li attanagliava al cuore. Una sera tardi, mentre gli ultimi raggi del sole dipingevano l'orizzonte con sfumature d'oro e viola, il trio si ritrovò nel cortile della scuola. Lo stesso cortile in cui avevano raccolto molti degli ingredienti del loro rituale. Mentre si sedevano accanto alla fontana, il cui gorgoglio gentile faceva da sottofondo calmante, un tenue bagliore iniziò a emanare dal suo centro.

Dall'acqua scintillante emerse una sagoma familiare. La forma traslucida di Elara fluttuava con grazia sopra la fontana,

la sua bellezza eterea accentuata dal crepuscolo. J bambini la guardarono con stupore, inondati da una miriade di emozioni.

Lo sguardo di Elara si posò su ognuno di loro, i suoi occhi irradiavano calore e gratitudine. "Cari bambini", esordì, la sua voce era un sussurro morbido e melodioso che sembrava provenire da ogni parte. "Non posso esprimere quanto vi sia grata per quello che avete fatto".

Maya fece un respiro profondo: "Volevamo solo sistemare le cose, liberare la scuola e te da quella maledizione".

Leo ha aggiunto: "Non ce l'avremmo fatta senza la tua guida, Elara".

Elara sorrise, la luce dorata che la circondava brillò ancora di più. "Il vostro coraggio, la vostra unità e la vostra determinazione non solo hanno salvato Everbane, ma hanno anche liberato il mio spirito. Per secoli sono stata intrappolata tra i reami, vegliando sulla scuola, sperando in una redenzione".

Oliver esitò prima di porre la domanda che pesava su tutti loro. "Cosa succederà adesso? Dove andrete?"

Lo sguardo di Elara si spostò verso il cielo notturno, che ora era costellato di stelle. "Con la maledizione spezzata e la mia missione compiuta, sono libera di unirmi alle stelle, di diventare un tutt'uno con l'universo".

Gli occhi di Maya si riempirono di lacrime. "Ci mancherai", sussurrò.

Elara fluttuò dolcemente verso il basso, la sua forma quasi tangibile mentre li avvolgeva in un abbraccio radioso.

"Ricordate, ogni fine è un nuovo inizio. La mia presenza fisica

può svanire, ma il mio spirito, la mia essenza, rimarrà sempre qui a Everbane. Ogni volta che cercherete una guida o vi sentirete persi, ricordate le lezioni che avete imparato e la forza che avete dentro di voi".

Leo alzò lo sguardo, una lacrima gli rigò la guancia. "Mi prometti che verrai a trovarci nei nostri sogni?".

Elara ridacchiò dolcemente: "Il tempo funziona in modo diverso per gli spiriti, caro Leo. Ma ti prometto che nei momenti di riflessione tranquilla potresti sentire la mia presenza".

L'atmosfera si fece più struggente man mano che la consapevolezza che si trattava di un addio definitivo si faceva strada. Oliver, raccogliendo le sue emozioni, prese la parola.

"Elara, sei stata parte della storia di Everbane, il suo cuore. Promettiamo di mantenere viva la tua eredità, di condividere la storia del coraggio e della redenzione, assicurandoci che lo spirito di Everbane rimanga forte".

Elara annuì, visibilmente commossa. "È tutto ciò che potrei mai chiedere".

Quando la torre dell'orologio in lontananza iniziò a suonare, segnalando l'ora tarda, l'aura dorata intorno a Elara si intensificò. "È ora che io parta", disse la donna, con una voce che sapeva di tristezza.

Il trio guardò, con le mani ben strette, mentre la forma di Elara iniziava a dissolversi in innumerevoli particelle dorate. Queste fluttuavano verso l'alto, danzando e scintillando, fondendosi con il cielo stellato sopra di loro. L'area della scuola rimase

immersa in un delicato bagliore dorato ancora per qualche istante, un ultimo saluto dello spirito di Elara Everbane. Mentre la notte si faceva più profonda e il bagliore si affievoliva, Oliver, Maya e Leo si sedettero in silenzio, assorbendo la gravità del momento. Il peso della loro avventura, dei legami che avevano stretto e dell'eredità che avevano promesso di mantenere li opprimeva.

Maya finalmente ruppe il silenzio. "Ne abbiamo passate tante insieme. Questa non è la fine, vero?".

Leo, con un luccichio malizioso negli occhi, rispose: "Con una scuola antica e misteriosa come Everbane, chi può sapere quali altri segreti ci attendono?".

Oliver sorrise, con uno sguardo determinato negli occhi. "Qualunque cosa ci capiti, la affronteremo insieme".

La notte li avvolgeva, ma il cortile sembrava un po' più luminoso, le stelle un po' più vicine. E mentre si allontanavano, il dolce ronzio di una vecchia melodia rimaneva nell'aria, ricordando la magia e i misteri della scuola elementare di Everbane.

L'inquietante enigma della scuola elementare di Everbane era solo un capitolo della loro vita, ma per Oliver, Maya e Leo era solo l'inizio di innumerevoli avventure ancora da vivere.

IL MONDO STRAVAGANTE
DELLA VIA ETEREA

CAPITOLO I: L'INVITO MINACCIOSO

Nel delizioso cuore di Aspenridge, dove le case si stringevano come vecchi amici che si scambiavano segreti e dove l'aria sembrava sussurrare storie, Coralisa Wells, dodici anni, con i suoi ampi occhi nocciola e i capelli nero corvino, trascorreva i suoi pomeriggi. Aspenridge era il tipo di posto in cui i bambini correvano con le barchette di carta nei rivoli durante i monsoni e dove gli anziani spesso ricordavano i bei tempi andati, con le loro storie ricamate con un mix di realtà e immaginazione.

Sulla Via Eterea, dove ora viveva Coralisa, la strada era fiancheggiata da antichi manieri con intricate decorazioni in legno e archi gotici. Qui la natura sembrava danzare al suo ritmo. Gli alberi ondeggiavano anche in assenza di brezza e la notte non era mai buia come la pece, ma immersa in una luce soffusa e ultraterrena. La strada era avvolta da miti, con gli anziani che spesso discutevano delle storie di capricci e ombre che abbellivano questa particolare parte della città.

La casa in cui Coralisa e la sua famiglia si erano trasferiti era una vasta tenuta vittoriana, tutta torrette e balconi, con l'edera che stringeva le pareti come dita antiche. L'interno era altrettanto grandioso, con pavimenti in legno lucido, soffitti alti e un labirinto di stanze che aspettavano di essere esplorate.

Coralisa si era particolarmente affezionata al portico. Circondato da glicini, le offriva un punto di vista privilegiato da cui poteva osservare la Via Eterea nella sua interezza. Spesso si ritrovava a scarabocchiare sul suo quaderno o a leggere un romanzo giallo.

In uno di questi tristi pomeriggi, Coralisa era immersa in un racconto su una villa infestata, quando una folata di vento la fece rabbrividire. La pagina che stava leggendo venne sfogliata, ma ciò che attirò la sua attenzione fu una busta dorata che sembrava essere stata trasportata dal vento, atterrando perfettamente sulle sue ginocchia. La carta era spessa, goffrata con motivi intricati e sigillata con una cera cremisi stampata con l'emblema di una giostra.

Aprendola con attenzione, Coralisa estrasse un biglietto. Il messaggio, scritto in un carattere elegantemente vorticoso che sembrava spostarsi e cambiare mentre lei leggeva, diceva:

"Sei cordialmente invitato all'Incantevole Carnevale delle Ombre nella notte di luna nuova. Segui il sentiero meno battuto e troverai ciò che cerchi. Ricorda, non tutto è come sembra. Cerca e potresti trovare".

Il cuore di Coralisa batteva forte. Il carnevale? Quello di cui aveva sentito parlare? Quello di cui parlava la vecchia signora Higgins con un tremito nella voce? Il carnevale che si diceva facesse parte del folklore di Aspenridge e che si pensava non fosse altro che una leggenda? Si diceva che si svolgesse solo

una volta ogni dieci anni e che solo pochi eletti ricevessero un invito.

Ma perché proprio lei? Coralisa si chiedeva. Era nuova ad Aspenridge e non aveva un'eredità familiare legata alle vecchie storie della città.

Sua madre, fermamente non credente nel soprannaturale, l'avrebbe liquidato come uno scherzo. Suo padre, sempre immerso nei suoi diari storici, potrebbe semplicemente ignorarlo, perso nei suoi pensieri. E suo fratello minore, Tom, con il suo sguardo malizioso, probabilmente avrebbe voluto trasformarlo in un aeroplano di carta.

Così decise di mantenere il segreto sull'invito, almeno per il momento. Mentre le ombre si allungavano e l'aria diventava fredda, Coralisa decise di avventurarsi nel Carnevale delle Ombre, armata di coraggio, della sua sempre fidata torcia e, naturalmente, del suo libro preferito. Si sarebbe avventurata verso l'Incantevole Carnevale delle Ombre, armata del suo coraggio, della sua sempre fidata torcia e, naturalmente, del suo libro preferito per compagnia. Non sapeva che questa decisione avrebbe svelato misteri che andavano oltre la sua più fervida immaginazione, facendola addentrare nello stravagante mondo della Via eterea.

I giorni che precedettero la notte di luna nuova furono per Coralisa un turbinio di attesa e segretezza. Ogni sussurro che sentiva, ogni ombra che scorgeva con la coda dell'occhio,

sembrava guidarla verso la notte del carnevale. Fece ricerche su ogni pezzo di storia locale che riuscì a trovare, cercando di raccogliere maggiori informazioni sull'Incantevole Carnevale delle Ombre, ma con sua grande sorpresa non trovò nulla di concreto. I dettagli erano sempre vaghi, sempre mutevoli come la sabbia del tempo, lasciando Coralisa con più domande che risposte.

Ogni notte, Coralisa tornava sull'invito dorato, lo rigirava tra le mani, ne tracciava gli intricati disegni, sperando che rivelasse qualcosa di più sulle sue origini. L'emblema della giostra sembrava pulsare di vita propria, come se nascondesse un segreto che desiderava essere scoperto.

Si preparò per la sua avventura notturna raccogliendo le provviste. Il suo vecchio zaino di pelle, che l'aveva accompagnata in molte avventure in cortile e nei pigiama party, sembrava perfetto per questo compito. Ci mise dentro una piccola coperta, qualche snack, il suo diario, una penna e il piccolo ciondolo che le aveva regalato la nonna: un ciondolo d'argento a forma di mezzaluna che si dice protegga chi lo porta dalle forze oscure.

Il giorno della luna nuova è finalmente arrivato, gettando Aspenridge sotto una coltre di attesa. Il sole sembrava tramontare più rapidamente, lasciando spazio all'incantevole notte che ci attendeva. La famiglia di Coralisa era immersa nel proprio mondo: sua madre era intenta a scrivere un romanzo,

suo padre a sistemare le sue carte e Tom era immerso nella costruzione di un puzzle. Era il momento giusto.

Infilandosi una giacca calda, Coralisa scrisse un biglietto veloce per la sua famiglia e lo appoggiò sul letto. Dando un'ultima occhiata alla sua stanza, prese il suo zaino, il peso della decisione gravava sulle sue giovani spalle.

Fuori, la Via Eterea sembrava ancora più mistica sotto il cielo stellato. La notte era animata dal frinire dei grilli e dal canto di un gufo in lontananza. Gli alberi costeggiavano il sentiero come antiche sentinelle, con i loro rami che si protendevano come per guidarla nella sua ricerca.

Facendo un respiro profondo, Coralisa intraprese il suo viaggio, attratta dal carnevale da una forza invisibile. L'aria si fece più fresca e l'atmosfera più densa di attesa. Mentre camminava, le case e i punti di riferimento familiari della Via Eterea lasciavano il posto a un territorio inesplorato, un sentiero che non aveva mai visto prima.

Guidata solo dal tenue bagliore della sua torcia e dal richiamo dell'avventura, i passi di Coralisa si fecero più sicuri. Le storie, le leggende, i sussurri: tutto sarebbe stato presto svelato. E quando i primi accenni dell'Incantevole Carnevale delle Ombre si affacciarono alla vista, Coralisa seppe che la sua vita nella piccola città di Aspenridge non sarebbe stata più la stessa.

CAPITOLO 2: IL CARNEVALE MISTERIOSO

Il terreno sembrava più morbido sotto i piedi, come se Coralisa stesse calpestando strati di sogni dimenticati da tempo. Il bagliore etereo che avvolgeva tutto in una luce argentea rendeva difficile discernere dove finisse la realtà e iniziasse la fantasia.

Davanti a lei si trovava l'ingresso dell'Incantevole Carnevale delle Ombre, due massicci cancelli in ferro battuto che assumevano la forma di giullari ridenti e piangenti. Erano di sentinella, con le loro espressioni invitanti e allo stesso tempo presaghe. I cancelli si aprirono scricchiolando come se la stessero aspettando, rivelando un regno mozzafiato e inquietante in egual misura.

Alla sua sinistra c'era una giostra, diversa da tutte quelle che aveva mai visto. Invece di cavalli rampanti e creature magiche, c'erano figure che sembravano quasi umane, con espressioni in bilico tra gioia e disperazione. La musica che emanava la giostra era ipnotica, una ninna nanna senza fine che sembrava chiamarla, promettendole gioia e forse un pizzico di dolore.

Accanto alla giostra si trovavano tende di ogni forma e dimensione, i cui tessuti brillavano nelle tonalità del blu notte, del viola intenso e dell'oro crepuscolare. Ogni tenda sembrava pulsare di vita, con sussurri e mormorii emanati dall'interno. I

profumi nell'aria erano inebrianti: la dolcezza delle mele caramellate si fondeva con il sapore metallico della paura.

Presa dalla curiosità, Coralisa si avvicinò a un chiosco che sembrava immerso nella penombra. L'insegna in alto recitava: "Sussurri di domani". Dietro lo stand si trovava una figura avvolta in abiti blu intenso, di cui si vedevano solo gli occhi, che scintillavano come stelle lontane.

"Vuoi sapere cosa ti riserva il domani?" mormorò la figura, la cui voce risuonava come se provenisse da un sogno lontano.

Anche se tentata, Coralisa esitava. Ricordava le parole di sua madre, che tanto tempo fa diceva che certe cose è meglio lasciarle sconosciute. Annuì gentilmente e andò avanti, ma il sussurro di ciò che avrebbe potuto essere rimase con lei.

Poco più avanti, si è imbattuta in una tenda intitolata "Dreamscapes". Incuriosita, scostò la tenda argentea ed entrò. La tenda era più grande di quanto sembrasse dall'esterno, una vasta distesa di cielo stellato si estendeva in alto e per terra era come camminare sulle nuvole. Figure eteree danzavano intorno a lei, tessendo arazzi di sogni e incubi. Una figura si avvicinò a lei, con una forma che cambiava continuamente: ora un uccello, ora un filo di fumo fluttuante.

"Hai perso un sogno? O forse vuoi vivere in un sogno?", chiese con una voce che sembrava un suono di campane a vento.

"Sto solo esplorando", rispose Coralisa, la cui voce era un misto di stupore e trepidazione.

"Beh, fai attenzione, giovane sognatore. Alcuni sogni hanno il potere di diventare reali", ci avvertì prima di volare via.

Uscendo dalla tenda, Coralisa sentì un brivido correre lungo la schiena. Si rese conto che il carnevale non era solo un luogo di meraviglie, ma anche di avvertimenti. Era un regno in cui desideri e timori danzavano liberamente, in attesa della prossima anima da irretire.

Continuò la sua esplorazione, ogni tenda e stand presentava nuovi misteri. C'era un labirinto di specchi in cui i riflessi si trasformavano in desideri, un teatro di marionette in cui i pupazzi sembravano un po' troppo vivi e uno stagno in cui l'acqua non mostrava il riflesso del cielo ma scorci di regni ultraterreni.

Mentre vagava, una debole melodia le giunse alle orecchie: malinconica e ossessionante. Seguendo il suono, raggiunse un palco dove una figura suonava un violino spettrale. La musica parlava di amori perduti, ricordi dimenticati e rimpianti senza tempo. La folla intorno era incantata e ondeggiava al ritmo della malinconia.

Presa dall'incantesimo della musica, Coralisa sentì uno strattone allo zaino. Voltandosi, si trovò faccia a faccia con una creatura dall'aspetto malizioso, metà umana e metà ombra,

le cui dita stringevano ancora il ciondolo d'argento che le aveva regalato la nonna.

"Ah, mi hai beccato! Ma non preoccuparti, lo stavo solo ammirando. Che potere ha, vero?", disse ridacchiando.

Coralisa strinse il ciondolo a sé, rendendosi conto della sua importanza in questo regno di capricci e ombre.

Ringraziando le stelle, decise che aveva esplorato abbastanza per la notte. Ma mentre si voltava per uscire, si rese conto che i cancelli d'ingresso non erano più in vista. Al suo posto, si profilava un vasto e oscuro labirinto, le cui siepi sembravano sussurrare promesse di segreti e minacce di pericolo.

Ingoiando il panico crescente, Coralisa sapeva di non avere altra scelta se non quella di avventurarsi nelle profondità del cuore del misterioso carnevale.

CAPITOLO 3: L'ENIGMATICO MR. TENEBRE

Il mondo dell'Incantevole Carnevale delle Ombre sembrava confondere il confine tra sogno e realtà. Ovunque Coralisa guardasse, prendevano vita meraviglie che andavano oltre la sua più fervida immaginazione. Passando davanti a bancarelle che vantavano dolciumi che fluttuavano nell'aria e giochi in cui i premi sussurravano storie antiche, i suoi sensi furono sopraffatti dalla deliziosa stranezza di tutto ciò.

Tuttavia, tra tutte queste meraviglie, la figura che attirò maggiormente l'attenzione di Coralisa fu quella alta ed enigmatica del Signor Ombre. Si trovava sotto un arco fatto di alberi intrecciati che sembravano sussurrare le loro storie. Avvicinandosi a lui, Coralisa notò che il suo mantello era intessuto di fili che brillavano come il cielo notturno e i suoi stivali erano fatti di pelle nerissima che assorbiva ogni luce.

"Ah, il nuovo ospite della Via Eterea. Ti stavo aspettando", salutò, con la sua voce profonda e ipnotica che riecheggiava il fruscio delle foglie d'autunno.

Presa alla sprovvista, Coralisa chiese: "Come fai a sapere chi sono?".

Mr. Tenebre ridacchiò, un suono che le fece correre un brivido lungo la schiena. "Mia cara, qui nel Carnevale Incantato sappiamo molte cose. Le storie viaggiano e la tua è appena iniziata".

Studiò il suo viso. I suoi occhi erano i più sorprendenti, simili ad argento liquido, che riflettevano i sogni e gli incubi del carnevale. Sembravano senza età, avendo visto lo svolgersi di innumerevoli storie.

"Sei tu il custode di questo posto?". Coralisa chiese.

Annuì, avvicinandosi di un passo: "Lo sono. Questo carnevale è il riflesso dei sogni e delle paure di coloro che vi

entrano. È un mondo di infinite possibilità, un regno in cui la realtà si intreccia con la fantasia".

Mi offrì il braccio. "Ti faccio fare un giro?".

Coralisa esitò per un attimo, ma poi annuì. Mentre passeggiavano per il luna park, Mr. Tenebre parlò della sua storia, di come fosse una creazione nata dai desideri e dalle paure più profonde degli abitanti della città e di come si fosse evoluta con ogni nuova generazione.

Passarono davanti a una tenda con strumenti galleggianti che suonavano una ninnananna struggente e a un'altra dove il tempo sembrava essersi fermato. Ogni tenda, ogni attrazione, racchiudeva una storia, un ricordo.

Coralisa era allo stesso tempo incantata e diffidente. "Queste meraviglie... sono incredibili. Ma c'è una sfumatura d'ombra in tutto, non è vero?".

Mr. Tenebre sospirò: "Infatti. Così come i sogni possono portare gioia, possono anche manifestare le paure più profonde. Alcuni vengono qui in cerca di meraviglia, mentre altri si ritrovano intrappolati dai loro stessi incubi".

Si fermarono davanti a una tenda che a Coralisa sembrò stranamente familiare. Al suo interno sentiva le risate dei bambini, che le ricordavano i suoi ricordi d'infanzia.

"Questa tenda", ha esordito, "ospita i ricordi del passato. Può essere confortante per alcuni e dolorosa per altri. Tutto dipende da ciò che porti con te".

Coralisa esitava, con la mano in bilico sull'ingresso della tenda. "Non sono sicura di voler entrare", ammise.

Annuì: "La scelta è tua. Ma ricorda che affrontare il nostro passato a volte può condurci a un futuro più luminoso".

Man mano che la notte si faceva più profonda, la magia del carnevale diventava sempre più forte. Ma ogni ora che passava, Coralisa non riusciva a scrollarsi di dosso un crescente senso di inquietudine. Le meraviglie erano affascinanti, ma c'era un'oscurità in agguato, un costante richiamo alla sottile linea che separa i sogni dagli incubi.

Mr. Tenebre, percependo il suo disagio, si chinò e la sua voce fu un sussurro gentile: "Ricorda, Coralisa, questo carnevale è un riflesso di te. Abbraccia le meraviglie, ma diffida sempre delle ombre. Perché anche loro sono parte di te".

Coralisa annuì, stringendo il suo libro, rendendosi conto che il carnevale, con tutti i suoi capricci e le sue ombre, era un viaggio che doveva intraprendere. Un viaggio per scoprire se stessa, le meraviglie che nascondeva dentro di sé e le ombre che doveva affrontare.

Al termine del tour, Mr. Tenebre le lasciò un messaggio criptico: "Il carnevale è qui solo per una notte. Approfittane e

ricorda che ogni racconto, ogni ombra, ogni meraviglia che incontrerai darà forma al tuo destino".

Con ciò, si dissolse nell'ombra, lasciando Coralisa a riflettere sulle sue parole e a continuare il suo viaggio nello stravagante mondo della Via Eterea.

Coralisa provava un misto di euforia e trepidazione. Il fascino del carnevale era innegabile, ma le parole enigmatiche del signor Tenebre pesavano molto sulla sua mente. Facendo un respiro profondo, decise di approfondire l'argomento, usando il suo tempo con saggezza.

Si avvicinò a una giostra che girava con animali spettrali. Al posto dei soliti cavalli, c'erano creature della leggenda e del mito: grifoni, unicorni e persino una fenice con piume che tremolavano come fiamme. Una vecchia canzone canticchiava dalla giostra, ricordando le ninne nanne sussurrate sotto una notte stellata.

Attirata dalla fenice, Coralisa vi salì in cima. Quando la giostra iniziò la sua mistica rotazione, il mondo esterno si offuscò. La melodia divenne più profonda e le sembrò di viaggiare nel tempo. Le scene del suo passato si susseguivano: momenti felici, come i suoi primi passi, gli applausi gioiosi dei suoi genitori ai suoi compleanni, e momenti dolorosi, come il giorno in cui le dissero che si sarebbero trasferiti ad Aspenridge.

Le lacrime le salirono agli occhi mentre i ricordi diventavano più vividi. Si rese conto che la giostra non era solo una giostra, ma un ponte con il suo passato, un riflesso del suo viaggio. Quando la giostra rallentò, tornò al presente, con il cuore pieno di emozioni che aveva dimenticato.

Una risatina sommessa risuonò dalle ombre. "La giostra dei ricordi non è per i deboli di cuore", disse Mr. Tenebre, i cui occhi argentati riflettevano la sua corsa emotiva.

Asciugandosi le lacrime, Coralisa sussurrò: "È stato bellissimo ma straziante. Perché qualcuno avrebbe dovuto creare una giostra del genere?".

"A volte", pensava, "abbiamo bisogno di confrontarci con il nostro passato per apprezzare il nostro presente e abbracciare il nostro futuro. Non si tratta di dolore o gioia, ma di viaggio e crescita".

Camminarono fianco a fianco in silenzio per un po', passando davanti a bancarelle che promettevano sogni in barattolo e tende in cui si potevano ascoltare i sussurri dell'universo. L'aria era densa di magia, ogni angolo del carnevale risuonava di storie silenziose che aspettavano di essere svelate.

Raggiunsero uno stagno dove l'acqua era limpida come il cristallo. Su di esso galleggiavano dei gigli, ognuno dei quali reggeva una candela che emetteva un tenue bagliore dorato. "Lo Stagno delle Profezie", intonò il Signor Ombra. "Lancia una moneta e ti mostrerà un assaggio di ciò che potrebbe essere".

Coralisa esitò, poi tirò fuori dalla tasca una piccola moneta. Con un desiderio silenzioso, la gettò nello stagno. L'acqua si increspò e si formò un'immagine che mostrava Coralisa, più anziana, in piedi con sicurezza all'ingresso di una grande biblioteca, che accoglieva i bambini che pendevano dalle sue labbra mentre iniziava a narrare una storia.

Mr. Tenebre sorrise. "È uno dei tanti futuri possibili. Le strade che scegliamo danno forma al nostro destino".

Con l'avvicinarsi della mezzanotte, il carnevale divenne più vivo. Le ombre danzavano con fervore e le stravaganti meraviglie raggiungevano la loro magia. Coralisa si sentiva allo stesso tempo parte di questo mondo e straniera, persa nella sua vastità.

Ringraziò il signor Tenebre per le informazioni e le esperienze. "Ho bisogno di stare un po' da sola", mormorò, mentre i suoi pensieri turbinavano.

Annuì, comprendendo. "Ricorda, abbraccia la magia ma resta con i piedi per terra. Il carnevale serve a scoprire se stessi tanto quanto le meraviglie che offre".

E con questo, Coralisa si avventurò oltre, con il cuore aperto alle lezioni e alle storie che l'Incantevole Carnevale delle Ombre le riservava.

CAPITOLO 4: LE TENDE STREGATE

La luna pendeva come un'opale incandescente nel cielo, proiettando le tende del carnevale in tonalità argentate. Coralisa si avvicinò a tentoni alle tende, ognuna delle quali prometteva un mondo di meraviglie, segreti e terrori. Non poteva fare a meno di essere attratta da loro, come una falena da una fiamma tremolante.

La prima tenda a cui si avvicinò era di un'intensa tonalità di indaco, cosparsa di quella che sembrava vera polvere di stelle. Un cartello all'esterno recitava: "Sussurri del cielo notturno". Facendo un respiro profondo, Coralisa scostò la tenda vellutata ed entrò.

All'interno la tenda era vasta, molto più grande di quanto sembrasse dall'esterno. La cupola era dipinta come un cielo notturno nella campagna profonda, con le stelle che brillavano e scintillavano. Le costellazioni si muovevano lentamente, come se fossero vive. Figure eteree, intessute di luce crepuscolare e polvere di stelle, fluttuavano intorno. Cantavano una ninna nanna di una bellezza ammaliante, di galassie lontane, di stelle che nascono e muoiono, dei misteri dell'universo. Il loro canto riempì Coralisa di una malinconica nostalgia di luoghi in cui non era mai stata.

Prima che potesse perdersi completamente nel loro canto, una piccola creatura fatta interamente di polvere di stelle le si

avvicinò. Si presentò come Orione. "Molti sono venuti qui e si sono persi per sempre, incantati dal nostro canto. Ma tu, giovane Coralisa, hai un destino più forte che ti aspetta", sussurrò.

La tenda successiva era più buia, con suoni di mormorii sommessi che provenivano dall'interno. L'insegna all'esterno annunciava: "Ombre di segreti dimenticati". Quando entrò, figure ombrose si mossero intorno a lei, sussurrando segreti di un mondo a lungo dimenticato. Parlavano di antichi incantesimi, di città sommerse sotto il mare e di tesori sepolti nelle profondità della terra. L'aria si fece più fredda e i sussurri si fecero più insistenti, riempiendo le orecchie di Coralisa con storie di tradimenti, di oscurità che hanno consumato intere civiltà.

Al centro della tenda si trovava uno specchio incorniciato in argento decorato. Attirata da esso, Coralisa non vide il suo riflesso, ma scorci di un altro mondo, dove i confini tra il bene e il male erano costantemente sfumati. Qui le fiabe avevano finali diversi, gli eroi a volte cedevano all'oscurità e i cattivi a volte trovavano la redenzione. Era un mondo in cui nulla era come sembrava.

All'improvviso, sentì un brivido lungo la schiena quando si rese conto che una delle ombre stava sussurrando il suo segreto, una paura che non aveva mai condiviso con nessuno. La sensazione era inquietante e uscì rapidamente dalla tenda, scossa.

La terza tenda era immersa in un bagliore dorato. Un cartello all'esterno proclamava: "Gli specchi del caos". All'interno, file di specchi riflettevano non il carnevale ma una miriade di altri mondi. Coralisa si avvicinò a quello che mostrava un vivace mercato medievale. Quando toccò lo specchio, si sentì trascinare all'interno.

Visse una vita diversa per quelle che le sembrarono ore ma che erano solo minuti. Era la figlia di un mercante, che contrattava sui prezzi, rideva con gli amici e ballava a un gran ballo. Ma con il passare della notte, l'atmosfera di festa cambiò. La musica divenne discordante e i volti dei ballerini si trasformarono in grottesche maschere di terrore. Il mondo onirico si trasformò in un regno da incubo. Resasi conto della sinistra svolta, Coralisa si allontanò dallo specchio, ansimando.

Il suo cuore batteva forte, decise che aveva visto abbastanza e si diresse verso l'uscita della tenda. Ma quando raggiunse l'ingresso, si trovò faccia a faccia con una nuova figura. Un pupazzo alto come un uomo adulto, con il volto di legno scolpito in un ghigno inquietante. "Ti è piaciuto lo spettacolo, cara Coralisa?", disse ridacchiando, con una voce che sembrava una scheggia di legno.

Terrorizzata, Coralisa cercò di muoversi, ma i suoi piedi si sentivano incollati al posto. La marionetta si avvicinò e le sue dita di legno la raggiunsero. Proprio quando le sembrava di non

riuscire a respirare, un fascio di luce attraversò la tenda. Era la sua torcia, che le era accidentalmente caduta e accesa. La marionetta si ritrasse, il suo corpo di legno si carbonizzò e annerì. In pochi istanti si sbriciolò in cenere.

Coralisa fuggì dalla tenda con il cuore in gola. Ora aveva capito che il carnevale non era solo meraviglie e incantesimi. C'era un pericolo molto reale in agguato, che la metteva alla prova a ogni passo.

Determinata a sperimentare tutto ciò che il carnevale aveva da offrire, Coralisa si avvicinò a un'altra tenda. Questa era di colore smeraldo intenso e sembrava scintillare e mutare come se fosse fatta dall'aurora boreale stessa. All'esterno, un cartello recitava: "Paesaggi onirici e incubi".

Esitando per un attimo, Coralisa scostò il lembo della tenda ed entrò. Il terreno era morbido, come se stesse camminando sulle nuvole. Sopra di lei, il baldacchino della tenda mostrava un cielo che cambiava rapidamente, passando dal giorno alla notte in pochi istanti. Ogni scena era più affascinante della precedente: albe su vasti oceani, piogge di meteoriti sullo sfondo di vaste galassie e scene crepuscolari con l'orizzonte immerso in sfumature di rosa e oro.

Ma presto le visioni iniziarono ad assumere una nota più personale. Si vide da bambina, mentre giocava con i suoi genitori in un prato. La scena si spostò nella sua vecchia casa, dove si vide raggomitolata con il suo libro preferito. Poi, con la

stessa rapidità con cui sono apparse le immagini confortanti, sono state sostituite da scene di orrore. Creature mostruose che la inseguivano in foreste oscure, onde anomale che minacciavano di inghiottirla e figure oscure in agguato appena fuori dalla vista.

Coralisa cercò di uscire dalla tenda, ma l'ingresso era scomparso. Il panico si fece strada quando si rese conto di essere intrappolata in questo paesaggio onirico in continuo mutamento. Proprio quando sentiva che la sua speranza si stava affievolendo, un dolce sussurro le giunse alle orecchie: "Ricorda la tua forza, Coralisa. Sfrutta la luce che hai dentro".

Coralisa chiuse gli occhi, pensando alle scene di conforto a cui aveva assistito prima. Stringendo il libro, sussurrò un incantesimo di protezione che aveva letto in una delle sue storie. Così facendo, le scene da incubo iniziarono a dissolversi, sostituite da un caldo bagliore dorato. L'ingresso della tenda riapparve e Coralisa, con ritrovata determinazione, uscì.

L'ultima tenda che visitò era di colore cremisi, con motivi che sembravano pulsare come un cuore vivente. L'insegna all'esterno recitava: "La Casa dei Burattinai". All'interno, trovò file di poltrone di legno di fronte a un palco con un grande sipario rosso. Quando si sedette, le luci si abbassarono e il sipario si alzò.

Il palco era allestito come una tipica cameretta per bambini, con giocattoli sparsi e un letto al centro. Dalle quinte del palcoscenico uscivano pupazzi di tutte le dimensioni che recitavano scene di vita quotidiana. Ma man mano che lo spettacolo procedeva, la storia prendeva una piega oscura. Le marionette cominciarono a perdere il controllo, i fili si aggrovigliavano e gli arti di legno si agitavano selvaggiamente.

All'improvviso, emerse un'enorme marionetta, tre volte più grande delle altre. Era il burattinaio, con il volto mascherato e le sue intenzioni sconosciute. Le marionette più piccole sembravano rannicchiarsi in sua presenza, con i fili tesi. Coralisa capì che non si trattava di un gioco ordinario. Il burattinaio iniziò a tendere la mano verso il pubblico, con le dita di legno che si allungavano in modo impossibile.

L'istinto di Coralisa si fece sentire. Puntò la torcia direttamente sul burattinaio. Il fascio di luce sembrò tagliare i fili, facendo crollare la colossale marionetta sul palco. Le altre marionette, liberate dalle loro costrizioni, si inchinarono a Coralisa, con la gratitudine evidente nei loro occhi dipinti.

L'intera prova nelle tende era stata una montagna russa di emozioni per Coralisa, dalle meraviglie dell'universo agli orrori delle sue paure più profonde. Ma ne era uscita più forte, con la convinzione della propria forza consolidata.

Ma mentre usciva dall'ultima tenda, sapeva che il suo viaggio attraverso l'Incantevole Carnevale delle Ombre era tutt'altro

che finito. Davanti a lei si trovava l'ingresso di un'altra struttura ancora più imponente, che le faceva cenno di affrontare il suo io più profondo.

CAPITOLO 5: IL LABIRINTO DELLE OMBRE

L'ingresso del Labirinto delle Ombre era vasto e incombente, un grande arco di ombre e liane intrecciate che si muovevano e mormoravano con l'invisibile. Coralisa esitò per un attimo, facendo un respiro profondo e stringendo forte il suo libro. La promessa di rivelare il proprio vero io era allettante e terrificante allo stesso tempo. Ma era determinata a percorrere il labirinto e a svelare i suoi misteri.

Man mano che Coralisa si addentrava nel labirinto, notò che le pareti erano animate da disegni mutevoli, come inchiostro versato nell'acqua. Il sentiero davanti a lei si diramava in diverse direzioni, ognuna delle quali era più oscura e ambigua dell'altra. I sussurri sembravano fluttuare nell'aria, un mormorio indistinto che le faceva drizzare i peli sulla nuca.

Cercò di ricordare le storie che aveva letto sui labirinti, su come bisognava sempre attenersi a una parete o girare sempre in una certa direzione per trovare l'uscita. Ma questi metodi sembravano inutili qui, mentre le pareti cambiavano e i percorsi si univano e si separavano apparentemente per volontà propria.

All'improvviso, una figura emerse dalle pareti mutevoli: un ragazzo con un'aura traslucida. Si presentò come Bram, uno

spirito intrappolato nel labirinto da un tempo che sembrava infinito. "Questo non è un labirinto normale", sussurrò. "Il Labirinto delle Ombre si adatta alle paure e ai desideri di chi vi entra. Si sposta e cambia in base alle tue emozioni".

Bram, vedendo la determinazione negli occhi di Coralisa, si offrì di farle da guida, nella speranza di trovare insieme un'uscita. Mentre navigavano tra le curve e i tornanti, si imbatterono in spettacoli inquietanti. Una volta si imbatterono in una stanza in cui le ombre riproducevano i ricordi d'infanzia di Coralisa, ma con esiti oscuri e contorti. In un'altra camera, le pareti erano ricoperte di specchi disorientanti che riflettevano immagini distorte di Coralisa, una più grottesca dell'altra.

Coralisa confidò a Bram del suo libro, dei racconti che conteneva e delle sue misteriose proprietà protettive. Gli occhi di Bram si illuminarono di riconoscimento. "Storie! Sono la chiave! Questo labirinto si nutre di paura, dubbio e incertezza. Dobbiamo contrastarlo con storie di speranza, coraggio e risoluzione", esclamò.

Insieme, iniziarono a recitare le storie del libro di Coralisa, storie di cavalieri che conquistano i draghi, di bambini che superano i mostri, di amore che prevale sulle tenebre. A ogni parola, il labirinto rispondeva. Le pareti smisero di muoversi in modo irregolare, il terreno divenne più solido e i sussurri sconcertanti si affievolirono.

Tuttavia, man mano che procedevano, le sfide diventavano più intense. In una camera particolarmente agghiacciante, affrontarono le loro peggiori paure. Coralisa vide il proprio riflesso, ma era una versione di lei che aveva ceduto alla disperazione, persa e abbandonata. Bram affrontò i suoi rimpianti del passato, ombre di momenti che avrebbe voluto cambiare e che si ripetevano all'infinito. Si resero conto che per procedere dovevano affrontare direttamente queste paure.

Facendosi coraggio, Coralisa si avvicinò al suo io abbandonato, posando una mano di conforto sulla spalla del riflesso. "Va tutto bene", sussurrò, "tutti abbiamo momenti di dubbio, ma non ci definiscono". Alle sue parole, il riflesso brillò e si dissipò.

Bram, ispirandosi a Coralisa, affrontò le sue ombre, esprimendo perdono e accettazione. Così facendo, i rimpianti del passato svanirono, sostituiti da un silenzio pacifico.

Usciti da quella camera, si ritrovarono nel cuore centrale del labirinto, dove si trovava un cristallo radioso e pulsante. Il cristallo, spiegò Bram, era l'anima del labirinto. Si nutriva delle emozioni e delle paure di coloro che vi entravano. Coralisa, ricordando le parole di Mr. Tenebre, capì che questo era il luogo in cui ci si confrontava veramente con la propria interiorità.

Si avvicinò al cristallo, toccandone la superficie fredda. Le visioni le balenarono davanti: momenti di gioia, dolore, amore e

paura della sua vita. Ma in mezzo a tutti, vide una visione di se stessa, forte, protettrice delle storie, faro di speranza. Il cristallo sembrò riconoscere la sua forza e, con un lampo di luce brillante, rivelò un percorso chiaro che portava fuori dal labirinto.

Coralisa e Bram, ora con un legame forgiato da sfide e storie comuni, camminarono lungo il sentiero illuminato. Quando si avvicinarono all'uscita, Bram si fermò, con un'aria malinconica. "Tu hai spezzato l'incantesimo del labirinto", disse, "ma io sono ancora legato ad esso".

Coralisa, non volendo lasciare la sua nuova amica, tirò fuori il suo libro e iniziò a scrivere una nuova storia, quella di uno spirito coraggioso di nome Bram che, con l'aiuto di una ragazza gentile, trovò la libertà. Mentre le parole scorrevano, l'ambiente intorno a loro scintillava e Bram iniziò a brillare sempre di più fino a trasformarsi in uno scricciolo radioso, libero dai confini del labirinto.

Con la gratitudine nei suoi occhi eterei, Bram si congedò da Coralisa promettendole di vegliare su di lei dalle stelle. Quando Coralisa uscì dal Labirinto delle Ombre, sentì un legame più profondo con se stessa, le sue paure e i suoi punti di forza. Il labirinto l'aveva messa alla prova, ma l'aveva anche potenziata. Il carnevale delle ombre nascondeva ancora molti misteri e Coralisa, con lo spirito rinnovato, era pronta ad affrontarli tutti.

Capitolo 6: Il valzer eterno

*Q*uando *C*oralisa uscì dal *L*abirinto delle *O*mbre, fu immediatamente accolta dalla malinconica sinfonia di un'orchestra lontana. *L*e note ammalianti la fecero passare dai confini claustrofobici del labirinto all'ampia grandezza di una sala da ballo. *I*l vasto spazio, immerso in una cangiante tonalità blu, trasportò la sua mente nelle profondità di un mare stregato di mezzanotte, dove il tempo e la realtà sembravano confondersi.

*I*n alto, i lampadari ornati di ghiaccioli anziché di cristalli pendevano maestosi. *Q*uesti ghiaccioli emettevano un bagliore fosforescente che dipingeva strani e bellissimi disegni sul pavimento di ebano lucido. *O*gni riflesso, ogni bagliore sembrava una storia a sé stante, che attirava *C*oralisa sempre più nei misteri della stanza.

*L*e pareti erano drappeggiate con arazzi d'argento ornati che sembravano vivi, raffiguranti ombre ed entità celesti in una danza di eterno abbraccio. *L*'arte era così intricata che *C*oralisa poteva quasi sentire le storie d'amore e di conflitto sussurrate dagli arazzi stessi.

*M*a il vero cuore pulsante della sala era il suo centro, dove si trovava un enorme carillon girevole. *L*'artigianato era impeccabile e la sua melodia ipnotica sembrava essere il burattinaio che controllava gli occupanti della sala da ballo.

Quando gli occhi di Coralisa si adattarono alla scarsa luminosità, si rese conto che questi ballerini non appartenevano al regno dei mortali. Effimere e traslucide, le loro forme si muovevano tra l'oscurità e la luce, ogni loro movimento in perfetta armonia con l'incantevole melodia del carillon.

Attirata dal fascino del ballo, lo sguardo di Coralisa si posò su una figura nel cuore della sala da ballo. Un suo riflesso, ma con occhi che sembravano contenere il peso di galassie. Questa gemella oscura danzava con una passione e una libertà che Coralisa non aveva mai conosciuto. I suoi movimenti erano il richiamo di una sirena che invitava Coralisa a unirsi a lei, a perdersi nel ritmo e nei misteri dell'eterno valzer.

Coralisa sentì un'attrazione magnetica, un desiderio indescrivibile di fondersi con questa danza, di comprendere la profondità delle emozioni che prometteva. Ma quando fece un timido passo avanti, una figura familiare, Mr. Tenebre, emerse dai bordi della sala. La sua presenza, sebbene sempre sfuggente, sembrava più tangibile nel bagliore della sala da ballo.

"La danza è un riflesso della propria anima", sussurrò, la sua voce era uno strato armonioso sulla musica. "In ogni passo, in ogni piroetta, si nasconde una verità di se stessi".

Mentre il peso delle sue parole si depositava, Coralisa si rese conto che quella non era solo un'altra stanza del luna park, ma uno specchio della sua stessa anima.

Gli eterei ballerini vorticavano intorno a Coralisa, i loro movimenti dipingevano storie di amore, perdita e redenzione. Tuttavia, in mezzo a questo balletto ipnotico, l'ombra riflessa di Coralisa rimaneva la più affascinante. Ogni suo movimento sembrava sussurrare segreti, promettendo di svelare sfaccettature nascoste dell'anima di Coralisa.

Mentre la melodia ammaliante del carillon si gonfiava, l'ombrosa Coralisa si avvicinò danzando. "Unisciti a me", sussurrò, la sua voce era un misto di tentazione e sfida. "Abbraccia l'eterno valzer. Scopri le parti di te stesso nascoste in bella vista".

Coralisa sentì uno strattone al suo interno. La sala da ballo, la musica e il fascino del suo gemello oscuro sembravano trascinarla in un vortice di emozioni. Ricordi di risate e di dolore, di amore e di dolore al cuore, di coraggio e di paura, le balenarono davanti. Il confine tra realtà e incanto si confondeva.

Mr. Tenebre, da sempre osservatore enigmatico, ha girato intorno al duo. "Danzare con la propria ombra", ha detto, "significa abbracciare la propria vera essenza. È un viaggio di introspezione, di confronto con il soppresso e l'inesplorato".

La consapevolezza si affacciò su Coralisa. Questa danza non era un semplice atto di piedi e ritmo; era un duello tra il suo io cosciente e le parti che aveva a lungo seppellito. Per poter

proseguire nel Carnevale Incantato, doveva armonizzarsi con la sua ombra, comprenderla e accettarla.

Ma man mano che il ballo si intensificava, la morsa del suo io oscuro si stringeva. L'incanto della sala da ballo minacciava di intrappolare Coralisa in un ciclo eterno di valzer, dove il tempo e l'identità avrebbero perso significato.

Nel disperato tentativo di fare chiarezza, Coralisa strinse il suo libro. La sua copertina rilegata in pelle, usurata e calda, la sostenne nella tempesta di emozioni. Traendo forza dai suoi racconti, iniziò a recitare una storia del suo passato. Era una storia di giorni di sole ad Aspenridge, di amore familiare, di avventure infantili e delle semplici gioie che la vita offriva.

Ad ogni parola, l'incantesimo opprimente si affievoliva. La danza dell'ombra di Coralisa perse la sua aggressività e divenne più armoniosa, più in sintonia con il ritmo di Coralisa.

Vedendo un'opportunità, Coralisa allungò la mano, non in segno di resistenza, ma di accettazione. Le loro mani si incontrarono e si scatenò un flusso di emozioni. Ricordi, sogni, paure e speranze si fusero, mentre la luce e l'ombra diventavano una cosa sola.

La sala da ballo, percependo questa unione, si trasformò. La melodia, un tempo ossessionante, ora risuonava con calore e armonia. I ballerini, dopo aver raccontato le loro storie, svanirono nella periferia, lasciando Coralisa e la sua ombra in un abbraccio sereno.

Mr. Tenebre, con una forma più chiara e meno scoraggiante, si avvicinò con un cenno di approvazione. "Riconoscere e accettare la propria ombra", osservò, "è il primo passo verso la vera consapevolezza di sé. Hai fatto bene, Coralisa".

Dopo aver concluso il ballo e aver raggiunto una comprensione più profonda, Coralisa sentì un rinnovato senso di responsabilità. Era pronta ad approfondire i misteri del carnevale, forte delle sue esperienze e delle lezioni apprese nella Sala da Ballo Incantata.

CAPITOLO 7: IL POTERE DELLE STORIE

Al termine della danza con la sua ombra nella sala da ballo, Coralisa provò una momentanea calma. Tuttavia, la tranquillità durò poco. La stanza sembrò oscurarsi e le melodie del carillon, un tempo armoniose, divennero discordanti. Un'oscurità pesante e vellutata iniziò ad avvolgere la sala da ballo e un'atmosfera opprimente scese su di lei da ogni lato.

Presa da una paura istintiva, Coralisa si strinse al petto il suo libro rilegato in pelle. La sua familiarità le offriva un barlume di conforto nella crescente oscurità. I ricordi del tempo trascorso immersa nei suoi racconti, di eroi ed eroine, di sfide superate, le inondarono la mente. Queste storie erano state il suo conforto nei momenti difficili e sperava che potessero essere un rifugio anche adesso.

Le ombre stesse della sala da ballo sembravano prendere vita, contorcendosi intorno a lei. Mormorii, sussurri e schernire sommessi riempivano l'aria, ognuno dei quali cercava di distoglierla dai suoi ricordi più cari. Le voci diventavano sempre più forti e il loro insistente chiacchiericcio minacciava di soffocare i suoi pensieri. Coralisa si sentiva sul punto di soccombere all'oscurità opprimente, il confine tra la realtà e il carnevale spettrale si confondeva.

Poi, in un momento di lucidità, le venne in mente una storia particolare tratta dal suo libro. Era una storia antica che aveva sempre amato: quella di un giovane eroe di nome Elian che, armato solo di coraggio e della sua voce, sconfisse una bestia ombra che terrorizzava il suo villaggio. Non si trattava di una storia qualsiasi, ma di speranza e coraggio.

Traendo forza dal racconto di Elian, Coralisa iniziò a recitarlo ad alta voce. La sua voce, anche se all'inizio era tremolante, diventava più ferma e sicura a ogni parola. La narrazione del coraggio di Elian sembrava agire come un faro, con il suo potere illuminante che respingeva l'oscurità incombente. Le ombre, colte di sorpresa dalla sua determinazione, indietreggiarono. I loro sussurri di dubbio furono messi a tacere dal racconto del coraggio e del trionfo.

Mentre si addentrava nella storia, la sala da ballo iniziò a trasformarsi. L'opprimente oscurità si ritirò, sostituita da un tenue bagliore argenteo. Le figure di altri racconti del suo libro si materializzarono intorno a lei, ergendosi come guardiani

contro le ombre persistenti. Cavalieri coraggiosi, saggi e altri valorosi personaggi delle sue letture danzavano intorno a lei e la loro stessa presenza testimoniava il potere delle storie.

Con la stanza ora immersa in una delicata luminosità, Coralisa fece una pausa, dopo aver completato la sua recitazione. Si guardò intorno, cogliendo l'atmosfera cambiata, il peso delle ombre si era alleggerito.

Ancora circondata dal bagliore argenteo, Coralisa notò un racconto particolare che la attirava. Era la storia struggente di una fanciulla che, per amore e sacrificio, rinunciava al desiderio del suo cuore per salvare il suo regno dalla notte infinita. Attirata dalla sua profondità emotiva, Coralisa iniziò a recitare questa storia, con la voce piena di passione e di emozione.

Mentre si addentrava nella narrazione, la sala da ballo subì un'altra trasformazione. La luce argentea si intensificò, proiettando l'intera stanza in una tonalità dorata. Le ombre persistenti, ora deboli e sparse, furono spinte negli angoli più remoti, la loro influenza stava svanendo. L'intero spazio vibrava con la risonanza della sua voce, ogni parola più potente della precedente.

In mezzo a questo spettacolo luminoso, il sé ombra di Coralisa emerse dal bagliore. Questo riflesso, che un tempo aveva danzato con l'oscurità, ora rispecchiava perfettamente Coralisa, tranne che per la morbida aura argentata che lo

circondava. Quando i loro occhi si incontrarono, si stabilì una tacita intesa tra loro. L'ombra si avvicinò a Coralisa e le tese una mano in segno di unione.

Abbracciando il suo sé ombra, Coralisa sentì una scarica di ricordi, emozioni e intuizioni. I due si sono fusi in una sola cosa, simboleggiando l'accettazione, la comprensione e l'armonia. Questa unione non solo ha segnato l'accettazione da parte di Coralisa della sua complessità interiore, ma ha anche sottolineato il potere trasformativo delle storie.

Quando la luce dorata iniziò a ritirarsi, lasciando il posto alla luminosità naturale della stanza, Mr. Tenebre uscì dalla periferia. La sua forma, un tempo sfuggente e scoraggiante, ora appariva più definita e avvicinabile. L'argento dei suoi occhi brillava con un misto di curiosità e ammirazione.

Avvicinandosi a Coralisa, parlò con voce dolce ma chiara: "Sfruttando il potere delle storie, hai svelato il segreto più profondo del carnevale". Un sorriso gentile si posò sulle sue labbra e continuò: "Le storie non sono semplice evasione; sono strumenti di illuminazione, strumenti di cambiamento".

Sentendosi allo stesso tempo umile e forte, Coralisa annuì. Non solo aveva affrontato le sfide del Carnevale Incantato, ma aveva anche viaggiato verso l'interno, affrontando le proprie complessità ed emergendo con una comprensione più profonda di se stessa.

Tuttavia, le prime luci dell'alba stavano iniziando a filtrare, indicando che il soggiorno del carnevale nel regno mortale stava per finire. Tuttavia, le lezioni apprese e i ricordi forgiati sarebbero rimasti con Coralisa per sempre.

Mentre iniziava a tornare verso la Via Eterea, con l'Incantevole Carnevale delle Ombre che si estendeva alle sue spalle, Coralisa provò un profondo senso di realizzazione. Le esperienze della notte, le sfide affrontate e le epifanie raggiunte l'avevano trasformata. Grazie al magico regno delle storie, ora era un faro di forza, saggezza e consapevolezza di sé.

CAPITOLO 8: L'ALBA SUSSURRANTE

I primi deboli bagliori dell'alba gettavano un pallido oro sull'oscurità che si allontanava. Le stelle si affievolirono, il mondo stravagante dell'Incantevole Carnevale delle Ombre iniziò a sfocarsi ai bordi, le tende e le giostre scintillarono e lentamente persero la loro presenza opaca.

Quando le ultime vestigia del carnevale svanirono nell'etere, Coralisa si ritrovò in piedi da sola in mezzo a un mare di nebbia mattutina, circondata da una pace malinconica. I suoi piedi, stanchi per le avventure della notte, sentivano il tocco confortante dell'erba baciata dalla rugiada. C'era una serenità, una magia tranquilla in questo momento di transizione, come se il cuore stesso della Via Eterea stesse esalando.

Dalle nebbie emerse il Signor Ombre, non più la torreggiante figura enigmatica, ma una presenza più morbida ed eterea. Il suo mantello di tenebre, un tempo imponente, ora scorreva come delicati viticci di luce crepuscolare, intrecciandosi con i raggi del sole del mattino. I suoi occhi d'argento, un tempo penetranti, ora scintillavano di una dolce gratitudine.

"Coralisa", esordì, la sua voce era solo un'eco del fruscio dei venti, "hai svelato la verità di questo carnevale, la delicata danza tra l'oscurità e la luce. Per anni abbiamo vissuto in un ciclo infinito, intrappolati tra incanto e illusione. Ma con il tuo coraggio e il potere dei tuoi racconti, hai inaugurato una nuova alba".

Coralisa, con la mente ancora sconvolta dalle esperienze vissute, guardò lo spazio dove un tempo sorgeva il luna park, con il cuore colmo di un misto di malinconia e speranza. "Era tutto vero?", sussurrò.

Mr. Tenebre sorrise, una curva morbida e ombrosa sul suo volto malinconico. "Sono reali come le storie che hai nel cuore, Coralisa. Il carnevale, pur essendo ancorato alle leggende di Aspenridge, era un riflesso dei tuoi pensieri e delle tue paure più intime. Il tuo coraggio, il tuo amore per le storie, hanno portato equilibrio in questo mondo stravagante".

"Ma perché proprio io?" Coralisa chiese, con lo sguardo fisso sul sole che stava nascendo, la cui luce stava lentamente allontanando i resti della notte.

"Ogni pochi secoli", rispose Mr. Tenebre, "un'anima si avventura nella Via Eterea, curiosa e coraggiosa, pronta ad affrontare gli incantevoli misteri del carnevale. Il tuo amore per i racconti, le storie che hanno legato il tuo spirito, ti hanno reso il faro perfetto per ristabilire l'equilibrio. E ora, al sorgere dell'alba, l'Incantevole Carnevale delle Ombre torna al suo sonno, in attesa della prossima anima curiosa".

Quando le parole lasciarono le sue labbra, Mr. Tenebre iniziò a dissolversi nella nebbia del mattino, diventando un tutt'uno con l'alba. "Ricorda", risuonò un'ultima volta la sua voce, "Il mondo stravagante che hai incontrato è ora parte di te. Conservalo, perché in ogni ombra, in ogni sussurro del vento, c'è una storia che aspetta di essere raccontata".

Con un'ultima folata di vento, le nebbie si diradarono, rivelando i luoghi familiari di Aspenridge. Il carnevale, con tutti i suoi inquietanti incantesimi e le sue stravaganti meraviglie, era scomparso. Ma Coralisa sapeva che la sua essenza rimaneva dentro di lei.

Sentendo un senso di chiusura, Coralisa si incamminò verso casa, ogni passo era pieno di propositi. L'antica casa della Via eterea, con il suo portico scricchiolante e il suo fascino antico, ora occupava un posto speciale nel suo cuore. Non era più solo una casa secolare, ma una porta verso avventure incantevoli.

Salì i gradini e la sua mano si posò sulla busta d'oro che aveva dato inizio a tutto. Con un sospiro di soddisfazione, la mise nel suo libro preferito, un ricordo del suo viaggio ultraterreno.

Mentre il mondo esterno si immergeva nella luce dorata dell'alba, la stanza di Coralisa si riempiva di sussurri, le incantevoli storie del carnevale riecheggiavano dolcemente, pronte per essere condivise, ricordate e raccontate.

E così, nella quiete del sussurro dell'alba, iniziò un nuovo capitolo dei racconti della Via Eterea, con Coralisa al centro, legata per sempre al mondo stravagante che aveva scoperto.

CAPITOLO 9: IL GUARDIANO DEL CREPUSCOLO

Nel cuore di Aspenridge, una strada in particolare era nota non solo per la sua nebbia persistente, ma anche per le storie che conteneva: Via Eterea. Dopo l'incantevole ma inquietante carnevale, Coralisa era tornata, non solo come la ragazza che un tempo viveva nella casa secolare, ma come la Guardiana del Crepuscolo.

Gli abitanti della città iniziarono a notare sottili cambiamenti. I sussurri del vento parlavano di incantesimi, di ombre che danzavano alla luce del giorno e di meraviglie che erano più che semplici racconti. I bambini a volte scorgevano impronte luminose sul selciato, che li conducevano all'inizio di avventure magiche o di segreti che la strada aveva custodito con cura. Queste erano tutte opere di Coralisa.

Come nuova guardiana, non si limitava a proteggere, ma condivideva. Ogni crepuscolo si riuniva nel suo portico e raccontava storie. I bambini con gli occhi spalancati e gli adulti con lo stupore di un bambino si riunivano per ascoltare. Le sue storie non erano semplici romanzi; erano storie della Via Eterea, del carnevale, di mondi sconosciuti e di creature d'ombra e di luce.

Una sera, mentre Coralisa iniziava la sua storia, un leggero fruscio la interruppe. Dalla nebbia persistente emerse il Signor Ombre, ma non come il misterioso guardiano del carnevale, bensì come un estroso narratore. Sembrava molto più leggero, quasi traslucido. Portava con sé una scatola argentea, decorata e scintillante.

La folla riunita ha sussultato collettivamente.

"Non temere", sussurrò, con la voce più morbida di prima, priva della profondità inquietante che aveva prima. "Vengo a portare dei doni".

Aprendo la scatola, all'interno c'erano delle piccole sfere che brillavano dolcemente. Si sollevarono e si librarono delicatamente intorno al Signor Ombre. "Questi", esordì, "sono sussurri del carnevale, frammenti di sogni e speranze di anime che lo hanno visitato. Hanno delle storie tutte loro".

Coralisa, incuriosita e sorpresa, lo invitò a condividere. Mentre il Signor Ombre tesseva storie, ogni sfera risuonava,

mostrando visioni delle storie che contenevano. Il pubblico era incantato, trasportato nel carnevale e nei mondi dell'aldilà.

È stata una serata magica. Una delle tante che verranno.

Il tempo volò e Aspenridge fiorì come città delle meraviglie. I racconti di Coralisa e di Mr. Tenebre portavano visitatori da lontano, sperando di intravedere quel mondo stravagante o magari di imbattersi nel carnevale ormai nascosto.

Anche se il carnevale era svanito con l'alba, non era veramente scomparso. Sotto la tutela di Coralisa e con l'aiuto di Mr. Tenebre, il suo spirito continuava a vivere nella Via Eterea. Avevano trovato un modo per renderlo eterno, non attraverso gli incantesimi ma attraverso le storie, condivise e custodite.

Tuttavia, con le meraviglie arrivavano anche le curiosità, e con le curiosità arrivavano anche coloro che desideravano qualcosa di più di semplici racconti. C'era chi cercava il potere del carnevale, con l'obiettivo di sfruttarlo per i propri scopi. Uno di questi era Marwick, un collezionista di artefatti magici. La sua avidità non conosceva limiti e credeva che catturare l'essenza della Via Eterea lo avrebbe reso inarrestabile.

Una sera fatale, Marwick, ammantato di oscurità, cercò di intrappolare le sfere fluttuanti che contenevano i sussurri del carnevale. La Via Eterea, un tempo pacifica, era ora minacciata.

Coralisa, percependo il disturbo, lo affrontò. Ma non era sola. I bambini, gli adulti, gli stessi esseri dei suoi racconti erano al suo fianco e la loro fede nelle sue storie li rafforzava. Formarono un cerchio protettivo intorno alle sfere.

Marwick cercò di usare i suoi artefatti, proiettando ombre più scure della notte. Ma a ogni racconto sussurrato da Coralisa, una luce contrastava le ombre, rendendo inutile il potere di Marwick.

Sconfitto, Marwick fuggì, lasciandosi dietro una scia di nebbia scura che fu rapidamente dissipata dalla luce collettiva della Via Eterea.

La vittoria fu celebrata con racconti, non di battaglie, ma di speranza, di unità e della magia delle storie.

Gli anni passarono. Coralisa invecchiò, ma Via Eterea rimase senza tempo. E un crepuscolo, con la stessa busta d'oro che aveva trovato una volta, passò il titolo di Guardiana del Crepuscolo a un giovane ascoltatore, assicurando che le storie della Via eterea e del suo incantevole carnevale sarebbero vissute per generazioni.

E così, nella città di Aspenridge, sulla strada velata di nebbia e meraviglia, le storie non erano solo racconti ma erano ricordi, sogni e magia, protetti e condivisi da chi ci credeva. L'eredità di Coralisa, la danza delle ombre e della luce, l'armonia tra inquietante e incantevole, continuò a fiorire, rendendo Via eterea davvero stravagante.

ELIAN E LA MOSTRUOSA BESTIA D'OMBRA

CAPITOLO 1: IL PATRIMONIO DI VALORIA

Il villaggio di Valoria non era solo un insediamento: era una testimonianza vivente della resistenza e dello spirito dei suoi antenati. Immerso nell'abbraccio della natura, il villaggio si ergeva come un faro di speranza e unità, con le sue storie che riecheggiavano in ogni pietra e ruscello. La storia di Valoria era arricchita da storie di coraggio, amore e sacrificio. Ogni casa, ogni angolo, sussurrava storie antiche e ogni bambino cresceva immerso in questo folklore. Elian, un ragazzo vivace con la testa piena di sogni, è sempre stato incantato da queste storie. I suoi momenti preferiti erano quelli in cui gli anziani del villaggio riunivano i bambini intorno alla grande quercia nel centro del villaggio e recitavano storie antiche. Tra queste, la leggenda della Lancia della Stella lo aveva sempre incuriosito di più. Ma in una sera infausta, la finzione sembrò trasformarsi in realtà. Mentre il cielo si oscurava, Elian, seduto accanto a sua nonna, sentì un brivido lungo la schiena. L'anziana donna, percependo il suo disagio, gli strinse la mano e gli sussurrò: "Ogni storia ha il suo tempo e forse questa notte inizierà una nuova storia". Dal cuore della foresta emerse la temuta Bestia d'Ombra. Quando il villaggio sprofondò nell'oscurità, la paura attanagliò i cuori dei Valoriani. Le case che un tempo risuonavano di risate e calore ora risuonavano di sussurri e grida sommesse. La bestia, un'entità di puro terrore, sembrava inarrestabile.

CAPITOLO 2: ALLA RICERCA DELLA LUCE DELLE STELLE

Determinato e alimentato dai racconti a lui tanto cari, Elian decise di cercare la Lancia della Luce Stellare. Il suo viaggio lo condusse verso la cima della montagna più alta, un luogo di cui si parlava solo in tono sommesso nelle storie più antiche di Valoria. Mentre si avventurava, il peso della sua missione gli pesava addosso. Ogni foglia frusciante, ogni ululato del vento sembrava una sfida, un enigma da decifrare. Ogni prova sulla montagna non era solo un ostacolo fisico, ma un confronto con le paure e i dubbi di Elian. Gli spiriti della montagna sussurravano storie di coloro che avevano cercato la lancia prima di lui e avevano fallito, cercando di scuotere la sua determinazione. Ma a ogni passo, a ogni indovinello superato, Elian si sentiva sempre più vicino alla sua meta e al suo destino. Quando finalmente mise le mani sulla Lancia della Luce Stellare, non sentì solo il suo potere, ma anche la speranza collettiva di tutti i Valorian che lo avevano preceduto. Le antiche iscrizioni sulla lancia rivelavano la sua storia, i grandi guerrieri che un tempo la brandivano e l'immenso potere che possedeva. Ma la lancia era anche accompagnata da un avvertimento: il suo potere non doveva essere usato con leggerezza, perché da un grande potere derivavano grandi responsabilità.

Mentre Elian afferrava la lancia, i ricordi lo inondavano: le volte in cui la lancia era stata usata, le sfide che aveva superato

e i sacrifici fatti in suo nome. Ma tra questi ricordi, uno spiccava: una profezia che parlava di un giovane guerriero che avrebbe affrontato la Bestia d'Ombra e determinato il destino di Valoria. Elian si rese conto di essere quel guerriero.

CAPITOLO 3: LO SCONTRO TRA LUCE E OMBRA

Elian tornò a Valoria, con la Lancia della Luce Stellare che brillava nella sua mano, proiettando un bagliore radioso che trafiggeva l'oscurità totale. La Bestia d'Ombra, percependo l'energia del suo antico avversario, emise un ruggito assordante che si riverberò nel villaggio.

La battaglia che ne seguì fu epica. La bestia scatenò tutta la sua forza, evocando un turbine di ombre, cercando di attirare Elian nel suo vortice oscuro. Ogni volta che Elian cercava di avvicinarsi, la bestia cambiava forma, diventando un bersaglio sfuggente. Ad ogni colpo di lancia, però, si sprigionavano fasci di luce che colpivano i gelidi occhi blu della bestia, l'unica caratteristica costante.

Gli abitanti del villaggio, ispirati dal coraggio di Elian, si unirono al combattimento, usando torce e lanterne per fugare le ombre e mettere alle strette la bestia. A ogni spinta e parata, Elian ricordava i racconti di un tempo, utilizzando le conoscenze tramandate da generazioni per anticipare le mosse della bestia e contrastarle.

Il culmine arrivò quando Elian, con tutta la sua forza, conficcò la Lancia della Luce Stellare nel cuore dell'oscurità. Si scatenò un'accecante esplosione di luce che allontanò le ombre e rivelò la vera forma della bestia: una creatura nata dalla paura e dal dubbio, che era diventata potente nutrendosi delle paure degli abitanti del villaggio.

Quando la luce della lancia la inghiottì, la bestia emise un ultimo grido luttuoso e si trasformò in un magnifico albero, le cui foglie brillavano come stelle nel cielo notturno, a testimonianza della vittoria del villaggio sulle tenebre.

La battaglia lasciò Elian svuotato, ma il suo spirito era intatto. Non solo aveva salvato il suo villaggio, ma aveva anche realizzato la profezia, dimostrando che anche di fronte a un'oscurità schiacciante, la luce della speranza, del coraggio e dell'unità poteva prevalere.

Da quel giorno, la storia di Elian e della Mostruosa Bestia d'Ombra divenne una delle storie più venerate di Valoria.

Printed by Amazon Italia Logistica S.r.l.
Torrazza Piemonte (TO), Italy

54307733R00087